« PAVILLONS »

Collection dirigée par Claire Do Sêrro

DE LA MÊME AUTRICE

Les Infortunes d'Alice, Robert Laffont, « Pavillons Poche », 2024

BARBARA COMYNS

CEUX QUI CHANGENT ET CEUX QUI MEURENT

roman

Traduit de l'anglais
par Aline Azoulay-Pacvoň

Robert Laffont

Titre original : WHO WAS CHANGED AND WHO WAS DEAD

Traduction française : Éditions Robert Laffont, S.A.S., Paris, 2024,
by agreement with Johnson & Alcock Ltd.

ISBN 978-2-221-27388-3
(édition originale : Bodley Head, Londres, 1954)
Dépôt légal : mai 2024
Éditions Robert Laffont – 92, avenue de France, 75013 Paris

De ce qui a été, et aurait pu être,
De ceux qui changèrent, et ceux qui moururent

H. W. Longfellow[1]

1. Extrait d'un poème de Henry Wadsworth Longfellow, *The Fire of Drift-wood*, traduction d'Aline Azoulay-Pacvoň. (*NdlT.*)

ÉPOQUE

Un été, il y a environ soixante-dix ans

LIEU

Le Warwickshire

I

Les canards entrèrent par les fenêtres du grand salon. La pression de l'eau les avait ouvertes de force, si bien qu'ils suivirent le mouvement, nagèrent autour de la pièce avec des caquètements approbateurs, et ressortirent pour explorer le nouveau monde extraordinaire né au cours de la nuit. Du haut de l'escalier de la véranda, le Vieil Ives battait son seau rouge avec un bâton pour les rassembler, mais aujourd'hui, les volatiles d'une blancheur scintillante l'ignoraient, glissant en direction des courts de tennis. Les cygnes s'y trouvaient déjà, leurs longs cous recourbés sur les eaux sombres dont ils draguaient les profondeurs boueuses. Des craquements humides jaillissaient de tous les endroits insolites où l'eau s'était infiltrée et, plus loin, une plainte résonnait, couverte par les cris des hommes qui s'efforçaient de secourir les animaux entraînés vers les champs en contrebas. Un cochon passa, geignant et battant si follement l'eau de ses petites pattes qu'il écorchait son poitrail déjà couvert de sang. Une barque à fond plat le suivait. L'embarcation tournoya et tournoya dans le courant féroce, mais l'animal finit par être récupéré, gémissant de plus belle. Les enfants, Hattie et Dennis, observaient le sauvetage de la fenêtre d'une chambre. Soudain, le soleil apparut, plus brillant et puissant que jamais, et tout s'argenta.

Au-dessous, le Vieil Ives déclara :

— Ce n'est pas bon que le soleil luise sur une inondation, ça fait remonter l'humidité dans le ciel.

La grand-mère le rejoignit et ils se mirent à discuter sur la véranda. Une forte odeur de boue vous prenait aux narines en ce premier jour de juin.

En cuisine, les bonnes avaient raccourci leurs jupes à l'aide d'épingles et pataugeaient, essayant de préparer le petit-déjeuner. Leurs jambes dénudées ne tardèrent pas à virer au rouge. En dépit du feu vif qui brûlait dans le grand fourneau, et dont les flammes se reflétaient sur l'eau, l'espace était envahi d'une odeur d'humidité qui s'ajoutait à celle des celliers. Les deux servantes – des sœurs prénommées Norah et Eunice – gloussaient, poursuivant un panier plein d'œufs qui filait devant elles. Leurs rires se muèrent en cris stridents lorsqu'une ombre gigantesque passa devant la fenêtre en braillant, mais ce n'était que le dernier paon qui s'était envolé d'un arbre pour atterrir sur le toit du hangar à charbon. Ses trois congénères avaient péri durant la nuit. Leurs dépouilles flottaient tristement dans le jardin, ce que tout le monde ignorait encore ; personne ne savait non plus ce qu'il était advenu des poules. Au fil de la matinée, enfermées dans leur poulailler obscur, déprimées et affamées, elles avaient basculé de leurs perchoirs, les unes après les autres, pour aller se noyer dans l'eau épaisse, oublieuses des coqs, qu'elles laissaient seuls, derrière elles. Les pauvres couveuses en mal de poussins, installées dans un autre poulailler, sombre et nauséabond, étaient mortes elles aussi. Elles étaient restées assises sur leurs œufs, dans cette atmosphère de cauchemar éveillé, jusqu'à ce que l'eau finisse par les recouvrir totalement. Elles avaient bien caqueté un peu, mais à peine. Pendant quelques instants, le rouge de leur crête avait dépassé à la surface de l'eau, puis elles avaient disparu.

Ebin Willoweed faisait le tour du jardin submergé dans une barque, avec ses filles. Ses coups de rame délicats étaient aussi inefficaces qu'on pouvait l'attendre d'un homme paresseux qu'une curiosité tenace empêchait de sombrer dans l'indolence. Il ramait sous le soleil ardent dont la lumière aveuglante se réfléchissait sur les eaux. Par moments, une secousse accompagnée d'un frottement indiquait qu'ils passaient sur une chaise de jardin, un tronc d'arbre ou un objet apparaissant au ras de l'onde. Des curiosités d'aspect désolant flottaient çà et là : le corps ballonné d'un mouton noyé, sa laine s'effilochant dans le courant, une ruche blanche poursuivie par une poignée d'abeilles perplexes, un cochon de lait tout rose, tout mort, les restes lugubres des paons. C'était si consternant de voir autant de misère par une journée si ensoleillée et sous un ciel d'azur – un voile de pluie eût été plus approprié. À présent, un chat tigré passait, son ventre distendu et ses petites pattes bien en vue tandis que sa tête disparaissait sous l'eau. Ebin Willoweed le fixa de ses yeux bleus écarquillés et le tâta du bout d'une rame. Accablées de chagrin, ses filles demandèrent à rentrer, mais lorsqu'il fit tourner la barque, elle fila en direction de la rivière. Le courant s'intensifia, et l'on entendit l'eau tourbillonner si follement autour des troncs et des poteaux qu'il dut donner une rame à l'une de ses filles afin qu'elle l'aide à rediriger l'embarcation vers le jardin. Après tous ces efforts, il fut content de regagner la maison.

Ils venaient à peine d'entrer que, quittant sa chambre, la grand-mère se précipita en bas pour les accueillir. Elle pataugea dans le hall submergé, et les bombarda de questions de sa voix grave un peu nasale :

— Dites-moi tout sur cette inondation ! Le pont a-t-il été endommagé ? Le déversoir a-t-il tenu bon ? Savez-vous si quelqu'un s'est noyé ?

D'une main, elle relevait ses longues jupes noires, de l'autre elle maintenait son grand cornet acoustique contre son oreille. Emma, l'aînée de ses petites-filles, le saisit, et cria quelques instants dans le pavillon. Il était couvert de postillons quand elle le rendit à sa grand-mère avant de s'essuyer la bouche avec sa jupe en coton.

— Pas si vite, dites-m'en plus ! Et mes parterres de roses ? cria la vieille dame.

Son fils attrapa le cornet qu'elle secouait farouchement au-dessus de sa tête, et hurla dans ses noires profondeurs :

— Des animaux morts flottent partout. Vos rosiers sont totalement noyés, vous aurez de la chance si vous pouvez en tirer un bouquet.

— Un banquet, pourquoi parles-tu de banquet ? À propos, le déjeuner est-il prêt ?

La vieille dame pataugea jusqu'à la salle à manger où Dennis s'amusait à faire naviguer sa flottille de petits bateaux.

— Ohé, marin d'eau douce ! le salua son père.

En lieu et place d'une réponse, l'enfant se pencha pour pousser ses bateaux sur l'eau, les oreilles rouges.

— Aimerais-tu venir avec moi secourir quelques moutons ? lui proposa son père avec une bonne humeur forcée.

— Non, merci, père. Je me sens faible, aujourd'hui.

Son père le toisa avec une impatience teintée d'aversion.

— Seigneur ! Quand te décideras-tu à te remuer un peu, petite chochotte ? Bon, à ta guise, je monte dans mon cabinet de travail, c'est le seul endroit confortable accessible, aujourd'hui. Pas de journaux, je suppose.

Il quitta la pièce en grommelant et gravit l'escalier pour se réfugier dans son antre, au dernier étage de la grande demeure.

— Cela arrive à tout le monde de se sentir faible, marmonna le garçonnet pour lui-même, sans cesser de jouer avec ses bateaux.

Il les avait fabriqués seul et en était très fier.

— Ne fais pas attention à père, lui dit Hattie. Te rends-tu compte que cette inondation détournera ses pensées de nos leçons pendant plusieurs jours, peut-être même une semaine entière ?

Elle rit, tout heureuse, piétinant l'eau de ses pieds nus à la peau mate. La grand-mère, ayant constaté qu'il n'y avait pas le moindre signe de déjeuner et agacée d'être éclaboussée pour rien, donna une tape sur la tête frisée de Hattie.

— Cesse cela immédiatement, petite, gronda-t-elle. Va donc en cuisine voir ce que fabriquent ces souillons lymphatiques.

Et la fillette fila dans le couloir en grognant.

Un étage plus haut, Emma était assise sur la banquette de l'oriel de sa chambre. Les vantaux grands ouverts, elle lézardait au soleil, coiffant ses cheveux d'un blond ambré. Elle ferma les yeux, oublia les sombres visions détrempées de la matinée et se laissa envahir par un sentiment de profonde satisfaction, savourant la chaleur du soleil et le contact de la brosse sur ses cheveux, l'air rêveur. Puis elle rouvrit les yeux, examina ses mains et pinça le bout de ses ongles, espérant ainsi leur donner une forme plus effilée.

« Oh, comme j'aimerais aller à un bal et porter une vraie robe de soirée, songea-t-elle, mais cela n'arrivera pas : ni les bals ni les admirateurs. Je dois me contenter d'être qui je suis, et ne rien espérer de plus. »

Dans son bureau, au-dessus d'elle, assis dans son fauteuil de cuir décati, son père se demandait s'il ne s'était pas montré trop dur envers Dennis.

« Pauvre diable, pensa-t-il, il est si bougrement nerveux qu'il me tape sur les nerfs. Bien sûr qu'il faudrait qu'il aille à l'école, mais la vieille bique est si pingre qu'elle n'acceptera jamais de payer les frais de scolarité. Je connais peu d'hommes qui passeraient des heures à instruire leurs enfants comme je le fais. On dit de moi que je suis paresseux, mais il faut beaucoup d'énergie pour faire une chose pareille. »

Il alluma sa pipe.

« C'est une excellente idée de fumer la pipe, de cette manière les gens ne s'attendent pas sans cesse à ce que vous leur offriez une cigarette. Autrefois, j'ai connu une bonne d'enfants mignonne comme tout, mais qui fumait comme un pompier et s'attendait toujours à ce que je lui fournisse des cigarettes. J'ai fini par renoncer à elle ; c'était beaucoup trop coûteux. Je crois que c'est ce qui m'a fait passer à la pipe. »

Il la ralluma.

« J'aime cette pièce. Les gens peuvent bien en rire, mais elle est drôlement confortable. »

Il marcha jusqu'au vieux piano droit. Certaines touches blanches manquaient, et celles qui restaient étaient jaunies. Il pianota debout un instant, puis s'assit sur le tabouret rond pelucheux et joua un morceau entraînant qui l'égaya considérablement. Son regard tomba alors sur le dessus de cheminée en velours vert foncé bordé d'une frange de glands, et une bouteille de bière à moitié vide accompagnée d'un verre dans lequel flottaient des mouches noyées. Il jeta les mouches dans le cendrier qui débordait et remplit à nouveau le verre.

La bière était éventée mais encore buvable. Il la sirota, se balançant d'avant en arrière sur ses pieds, et se dit : « Après le déjeuner, je ressortirai en barque, je ferai peut-être des découvertes. Il est fort possible qu'il y ait des choses intéressantes à voir après un tel déluge. Quelqu'un se sera forcément noyé, dans toute cette eau. J'emmènerai Hattie avec moi, elle est toujours partante pour tout. Emma est bizarre, elle, aussi bigrement fêlée que sa mère. Sa sœur, toujours si gaie, est de loin la meilleure du lot. Bien sûr, cette enfant n'est pas de moi, je ne crois pas à toutes ces sottises qu'on raconte au village, qu'elle serait noire parce que Jenny est morte en couches ; ce ne sont que des histoires de bonnes femmes. Son teint n'était pas si mat à la naissance, mais, à présent, il l'est indubitablement. Comment

Jenny a-t-elle fait pour se trouver un amant noir ici, dans ce village isolé, ça me dépasse. »

Un coup de gong retentissant troubla ses pensées, de sorte qu'il se dépêcha de finir sa bière éventée et descendit. Il trouva sa famille en train de déjeuner dans l'ancienne nurserie, qui paraissait relativement sèche. Cela faisait quelques années qu'il n'y avait pas mis les pieds. Il y faisait très sombre, à cause des sapins dont les branches effleuraient la fenêtre. C'était sa chambre lorsqu'il était petit, et il fut amusé de constater que le papier peint et le mobilier étaient toujours les mêmes ; la commode bombée, le paravent couvert de collages, le divan rouge dont les ressorts dépassaient sous l'assise, et le semainier qui lui avait attiré des ennuis parce qu'il conservait des grenouilles dans le tiroir du haut. Il laissa son regard glisser autour de la pièce avec une profonde satisfaction, puis mangea son jambon fumé aux petits pois, entouré de sa famille, avec un sentiment de plénitude.

Au fil de la journée, l'eau commença de refluer. Elle se retira de la demeure des Willoweed, n'y laissant que de la boue, des plantes aquatiques et une odeur d'humidité prégnante. Les enfants disposèrent des cailloux dans le jardin pour marquer les étapes de la décrue. À la tombée du jour, le terrain qui descendait jusqu'à la rivière était redevenu visible pour moitié, avec ses fleurs détrempées couchées sur le sol, et son herbe d'un vert intense. D'étranges choses mortes gisaient çà et là. Le Vieil

Ives les ramassa et les jeta dans le fourneau. Dennis, l'air triste, le regarda y fourrer le paon.

— Tu es sûr qu'il est mort, Vieil Ives ?

— Bien sûr que ce pauvre bougre est mort, marmonna-t-il, claquant la porte dessus.

Le dernier paon se mit à criailler. Il y avait de l'orage dans l'air, le ciel s'était strié de jaune et de gris.

— Voilà, j'ai dit que la pluie viendrait, et la pluie arrive, déclara le vieil homme. Ce paon en fait, du boucan. Ce doit être à cause de l'odeur des plumes qui brûlent.

Il entrouvrit la porte du fourneau, d'où s'élevèrent une fumée épaisse et une odeur pestilentielle. Dennis dit :

— Je crois qu'il est temps que j'aille me coucher. Bonne nuit, Vieil Ives, je suis content que tes canards soient revenus.

— Attendez un peu, mon garçon ! Regardez le petit minou que j'ai trouvé.

Il sortit de sa poche un chaton mort détrempé, qui avait perdu de son pelage roux au niveau de la queue, dont l'os apparaissait. Dennis parti, le chat rejoignit le paon dans le fourneau.

Dans la nuit, l'orage éclata. La grand-mère réveilla les enfants et les bonnes qui dormaient d'un sommeil paisible.

— La foudre va frapper la maison. Allons dans les caves ! s'écria-t-elle. Allons dans les caves !

On y traîna les enfants, mais les sous-sols étant complètement inondés, tout le monde fut trempé. On les poussa alors vers la grande cuisine dallée, où, tremblants et en pleurs, ils se blottirent sous la table.

— Tirez les rideaux, satanées idiotes ! vociféra la grand-mère alors qu'un éclair bleuté illuminait la cuisine.

Norah grimpa sur la table pour atteindre la fenêtre, mais un gros coup de tonnerre retentit, si bien qu'elle courut à toutes jambes jusqu'au placard à balais sous l'escalier.

Grand-mère Willoweed brailla :

— Poltronne ! Pourquoi crois-tu que je te paie, espèce de souillon indisciplinée !

Il y eut un autre éclair, suivi de nouveaux cris et hurlements, puis un coup de tonnerre fracassant. C'est au cœur de ce tumulte qu'Ebin Willoweed apparut dans l'escalier de service, une chandelle à la main. Il vit sa mère accroupie sous la table avec les enfants. Emma était restée à l'étage. Eunice avait rejoint sa sœur dans le placard à balais, Hattie pleurait à chaudes larmes ; assis à l'écart, Dennis claquait des dents.

— Tire le rideau, andouille ! lui hurla sa mère.

Ebin grimpa aussitôt sur la table, mais tandis qu'il s'exécutait un autre éclair les aveugla. Une petite tasse en porcelaine se brisa en mille morceaux sur le bahut, et il fila rejoindre sa famille sous la table.

À présent, une pluie battante résonnait, annonçant que le plus gros de l'orage était derrière eux.

— Et si on buvait un chocolat chaud ? cria-t-il dans le cornet de sa mère.

— Oui, ces grosses fainéantes vont nous en préparer, répondit-elle. Nous buvons toujours un chocolat chaud après l'orage. Allez, vous deux, sortez du placard !

Les bonnes en émergèrent prudemment, puis elles allumèrent le poêle à paraffine fumant à profusion et les bougies des chandeliers en laiton sur le manteau de la cheminée, si bien que les brefs éclats lumineux devinrent moins visibles.

Observant Norah qui s'affairait, Ebin vit qu'elle avait un grand grain de beauté aux contours de l'Australie sur la poitrine. De son côté, elle remarqua qu'il portait des capsules de bière de gingembre en guise de boutons de pyjama, fixées à l'aide de fil de fer.

« Pauvre homme, songea-t-elle, c'est vrai que nous sommes deux flemmardes. »

Les jours suivants, elles n'eurent guère le temps de paresser. Il fallut tirer les tapis pour les faire sécher sur les pelouses, lessiver les sols et les meubles couverts de boue ; la maison n'avait pas bénéficié d'un tel nettoyage depuis des années. Les travaux les plus pénibles échurent à Emma et aux deux bonnes. Grand-mère Willoweed allait et venait, armée d'un battoir à tapis en osier, et si quiconque ne s'activait pas comme il se devait, elle lui en flanquait un bon coup. On avait demandé aux deux petits d'astiquer les meubles, ce qu'ils faisaient sans enthousiasme. Dennis était agenouillé sur un livre, qu'il se remettait à lire dès que sa grand-mère disparaissait de son champ de vision.

Eunice lança à sa sœur :

— Tu es au courant que Mémé Grincheuse, la vieille femme qui vivait dans la chaumière à côté du moulin, s'est noyée ?

— Oui, pauvre femme, répondit sa sœur, mais elle se mourait depuis si longtemps. Il paraît qu'elle avait un cancer et souffrait le martyre, la malheureuse ! On l'entendait gémir quand on passait devant chez elle. Pour sûr, la mort a été une délivrance.

Vlan ! Le battoir en osier s'abattit en travers de son dos. Matées, les sœurs courbèrent l'échine et reprirent leur besogne. Emma passa à côté d'elles, un bras tendu pour équilibrer le poids du seau plein qu'elle portait. Elle versa l'eau sale dans la grande pierre à évier brune. Assis sur la paillasse, un chat blanc au poil soyeux observait les gouttes qui s'écoulaient de la pompe. Il grimpa sur l'épaule d'Emma et frotta sa tête contre son cou. Elle le caressa distraitement, mais, ses mains étant mouillées, l'animal sauta sur les dalles sombres et leva vers elle ses yeux jaunes emplis de reproche.

Dans l'arrière-cuisine, Ebin trébucha. Bien que ce fût un homme imposant, il marchait toujours sur la pointe des pieds, penché en avant et les épaules courbées.

« On dirait un bonhomme en pain d'épices, avec ses cheveux roux, sa moustache rousse et son costume de tweed fauve », se dit sa fille.

Il posa son plateau sur la paillasse. Il prenait toujours son petit-déjeuner au lit. D'ordinaire, c'était Hattie qui le lui montait dans sa chambre ; les domestiques y étaient rarement admises, de sorte que ses draps demeuraient souvent en désordre pendant plusieurs jours. Lorsqu'il fut débarrassé du plateau décoré de croûtes de pain et de jaune d'œuf figé, il enlaça sa fille et déposa un baiser sur sa nuque. Elle le repoussa, agacée.

— Hé, tout doux, je me montrais juste affectueux, maugréa-t-il. Où est ta grand-mère ?

— Oh, elle doit rôder ici ou là. Elle ne décolère pas.

— Ah oui, vraiment ? Ce doit être à cause de ce grand ménage ; j'espère qu'elle ne s'attend pas à ce que j'y prenne part, mes mains sont mon meilleur atout, je risquerais de les abîmer. Et puis, j'ai une sainte horreur des tâches domestiques, aucun homme sain d'esprit ne s'imposerait cela – ni aucune femme, d'ailleurs. Quel est ce dicton, déjà, sur la poule qui croasse et la femme qui travaille ? Ah, j'ai oublié.

Sur ce, il s'étira et bâilla à s'en décrocher la mâchoire.

— Je crois que je vais aller rendre visite au docteur Hatt. Il n'y aura aucune femme en train de faire le ménage, chez lui, parce que son épouse est souffrante et en maison de repos. Le retour d'âge, sans doute.

Il ricana et sortit par la porte de derrière.

« Père me fait détester les hommes », songea Emma en pompant de l'eau dans le seau.

Une limace y tomba. Elle la prit et la déposa dans un coin humide, sous l'évier.

« Pauvre bête, se dit-elle, si les bonnes la trouvent, elles la jetteront au feu ; mais si je la mets dehors, ce sera Ives qui la trouvera et il la mettra dans un seau plein de sel, ou la donnera à manger aux canards. »

II

Ebin Willoweed descendit la grand-rue du village de son pas incertain. Il tenta en vain de lier conversation avec plusieurs passants qui s'empressaient de rentrer chez eux pour prendre leur repas de midi. Les journaliers portaient leur fourche à l'épaule, une pomme de terre plantée sur chaque pique. En théorie, il s'agissait d'une mesure de précaution, mais en pratique, la ruse leur permettait d'engranger huit pommes de terre par jour. Ebin avança sur le pont bâti par les Normands avec des pierres du monastère d'Alcester, qui portait en maints endroits les traces d'érosion laissées par les générations de bouchers qui aiguisaient leurs couteaux dessus.

Il baissa les yeux sur la rivière : elle avait regagné son lit mais le courant était toujours vif. Dans un sens, son bouillonnement constant et résolu le déprimait. L'humiliation et l'échec présidaient à tout ce qu'il entreprenait ; et la pensée des nombreux manuscrits inachevés grignotés par les souris qu'il conservait dans sa chambre ne fit que l'accabler davantage. Se mordant la lèvre, il donna un coup de pied dans le parapet en pierre et se détourna pour prendre le chemin de la maison du docteur Hatt. Le médecin, vieil ami de la famille, était considéré comme un faiseur de miracles par les villageois depuis qu'il avait mis Hattie au monde après le décès de sa mère. L'enfant avait été baptisée de son nom.

Willoweed grimpa la volée de marches raides qui menait à la porte du médecin et fit tinter la cloche en cuivre parfaitement astiquée gravée du mot *Visiteurs*. Une domestique âgée au dos tordu lui ouvrit, l'invita à entrer dans le vestibule frais au dallage de pierre, et s'éloigna en boitillant pour aller chercher le médecin. Francis Hatt pouvait passer pour un homme plutôt mélancolique, mais seulement quand il ne souriait pas ; car, alors, sa personne tout entière s'éclairait de manière si attrayante que ses interlocuteurs se prenaient souvent à débiter toutes sortes d'âneries à seule fin de faire revenir ce sourire-là sur son visage grave. Ce matin, il était inquiet pour son épouse, tombée soudainement malade, et ne se sentait guère d'humeur à supporter la compagnie d'Ebin Willoweed. Il demanda néanmoins à sa servante de leur apporter du sherry, et se résolut à consacrer une demi-heure à ce cher mais assez pénible ami.

Cela faisait plus de dix ans qu'Ebin était revenu vivre sous le toit de sa mère, accompagné de sa jeune et belle épouse ainsi que d'Emma, alors âgée de sept ans. Le *Daily Courier*, qui l'employait comme chroniqueur mondain, l'avait congédié après qu'une négligence de sa part lui eut valu un procès en diffamation et coûté une somme considérable au journal. Jenny Willoweed était enceinte, à l'époque ; le docteur Hatt l'avait assistée lors de l'accouchement, qui s'était révélé très difficile. Après la naissance de Dennis, il l'avait avertie qu'une nouvelle grossesse risquait de la tuer. Huit mois plus tard, elle décédait en mettant Hattie au monde. Elle avait succombé quelques minutes avant la naissance de l'enfant, que Francis Hatt avait réussi à sauver. Au fil des années, Ebin Willoweed avait recherché l'amitié du médecin, dont la maison lui servait de refuge quand il voulait échapper à sa mère. Stupéfait de la détérioration de l'humeur de son ami, Francis Hatt lui avait consacré beaucoup de son temps libre, en dépit de l'ennui qu'il ressentait en sa présence, tout d'abord dans l'espoir de parvenir à le stimuler un peu, puis, plus tard, par pitié.

Ebin espérait être convié à déjeuner, cependant aucune invitation ne concrétisa son désir. Découragé par l'attitude distraite du médecin, il prit soudain congé de lui, tout aussi déprimé qu'à son arrivée, malgré le sherry.

De retour à la maison, il déjeuna en solitaire. Les autres membres de la famille avaient terminé leur repas. Il aperçut sa mère qui grimpait l'escalier, toujours armée du battoir à tapis avec lequel elle chassait mollement une mouche. Elle le regarda par-dessus la balustrade et cria : « Tu es en retard, et tu aurais besoin d'une coupe de cheveux », avant de reprendre son ascension pour aller faire sa sieste quotidienne.

Sitôt qu'elle fut enfermée dans les vapeurs de menthe poivrée de sa chambre, la maison s'enfonça dans une heureuse torpeur. Les bonnes montèrent l'escalier de service qui menait à la chambre qu'elles partageaient, et ôtèrent les robes à rayures qu'elles portaient depuis le matin. Eunice s'étendit sur leur lit, seulement vêtue de son ample camisole blanche, et Norah fit sa toilette à la cuvette en porcelaine fêlée. Relevant sa chevelure d'une main, elle se frotta le haut du corps avec un gant savonneux. Le grand grain de beauté qu'elle avait à la poitrine dépassait du décolleté de sa camisole. Lorsqu'elle eut terminé, elle rinça la cuvette et l'essuya soigneusement avec un torchon ; mais, quand ce fut son tour de se laver, Eunice la laissa pleine d'eau sombre et crasseuse. Tout en revêtant leurs robes noires de l'après-midi, elles se querellèrent à ce sujet. Puis Norah prêta à sa sœur sa broche en argent gravée du nom de leur mère défunte, *Amelia*, et, réconciliées, elles s'assirent sur le rebord de la fenêtre, enlacées, pour observer la grand-rue du village.

Dans le jardin, le Vieil Ives rassemblait les fleurs abîmées par l'inondation. Tout en travaillant, il parlait à ses canards, qui pataugeaient autour de lui, impatients, l'heure étant presque venue de remplir le seau rouge de remoulage et de pelures de pommes de terre. C'est alors qu'Emma s'approcha et lui demanda :

— Ne pensez-vous pas, Ives, que nous devrions envoyer une couronne à l'enterrement de Mémé Grincheuse ? Il aura lieu demain, et les gens semblent en faire toute une histoire.

— Évidemment qu'ils en font toute une histoire, de sa noyade et de tout le reste. Cela faisait longtemps qu'on n'avait pas eu de noyé pendant une inondation, c'est un événement d'importance dans un village comme le nôtre. Mais ne vous inquiétez pas, juste avant votre arrivée, je parlais justement à mes canards de la belle couronne que j'allais lui confectionner ce soir. Avec des pivoines blanches, mademoiselle, et quelques grappes de raisin vert. On n'en verra pas de plus belle, pas vrai, mes petits ? dit-il, se tournant vers les volatiles, qui approuvèrent en chœur.

— Merci, Ives, répondit la jeune fille, personne ne fabrique de plus belles couronnes que vous.

Il discutait toujours avec ses canards blancs lorsqu'elle le quitta.

« Quant à moi, si je devais mourir, pensa-t-elle, je préférerais avoir une couronne de fleurs de nénuphar, bien qu'elles fanent trop vite. »

Elle approcha de la balançoire accrochée à un pin, près de la rivière. Un jour, s'y balançant, elle avait dérangé un bourdon qui était descendu en piqué entre les branches et lui était apparu, gros comme un citron. Lorsqu'elle avait raconté sa mésaventure, plus tard, personne ne l'avait crue ; on lui avait répondu qu'il s'agissait sûrement d'un colibri. Elle s'assit sur la planche en espérant voir réapparaître l'étrange insecte et se balança quelques minutes, cependant aucun bourdon gros comme un citron ne descendit en piqué. Elle s'immobilisa et fixa son regard sur la rivière qui scintillait entre les pins.

Elle avait réuni ses cheveux en un chignon bas et avait une conscience aiguë de sa transformation.

« Néanmoins, personne ne la remarquera », songea-t-elle.

Elle baissa les yeux sur ses petits pieds enserrés dans les chaussures disgracieuses confectionnées par le cordonnier du village, et eut envie de pleurer. Même Eunice sortait avec des bottines pointues à talons hauts, pendant ses jours de repos. Deux fois l'an, le cordonnier – qui officiait également comme bookmaker local – arrivait par la rivière et mesurait les pieds de tous les habitants de la maison nécessitant de nouvelles chaussures ; et une ou deux semaines plus tard, il revenait avec ces pièces de cuir assemblées grossièrement à grand renfort de clous. Il en allait de même lorsque Emma et Hattie avaient besoin de vêtements. Lolly Bennet, la vieille fille du village, quittait aussitôt sa petite maison à laquelle on accédait après avoir descendu quelques marches. Quasi naine, c'était avec une extrême difficulté qu'elle manipulait les longues bandes de tissu fournies par Grand-mère Willoweed, qui tançait la pauvre petite chose accroupie par terre la bouche pleine d'épingles, s'évertuant à tailler des robes à l'aide de patrons de papier.

« Vous allez gaspiller du tissu si vous le coupez ainsi, maudit phénomène de foire. Grands dieux ! N'avez-vous jamais appris à confectionner un soufflet ? Si vous continuez à trembler de la sorte, vous allez faire des lambeaux de cette étoffe », et ainsi de suite. Les efforts de Lolly Bennet se soldaient par des ouvrages bosselés et plissés, qui tombaient sur le dos et tiraient aux épaules. Grand-mère Willoweed, quant à elle, n'avait ajouté aucun article à sa garde-robe depuis vingt-cinq ans et portait toujours une tournure sous ses jupes.

Se balançant doucement, Emma se sentit submergée par l'envie de posséder de jolis vêtements et un admirateur, ou plusieurs ; submergée par l'envie de voyager, peut-être même sur un yacht privé. Elle se l'imaginait tout blanc, glissant sur une eau d'un bleu impossible, se voyait sur le pont, dans une robe de soirée avec une traîne. Et il ne fallait pas oublier le tango. Comme ce serait merveilleux de danser sur une musique exotique, de se rendre à un thé dansant qu'on appellerait thé tango ! Ses pensées furent troublées par des piaillements stridents et elle songea qu'elle n'avait pas nourri les poussins achetés pour remplacer les poules noyées…

Elle prit le chemin de la cuisine d'un pas nonchalant et y trouva Norah, assise dans le fauteuil

Windsor, fixant l'espace d'un regard absent. Elle avait sur ses genoux sa plus belle capeline de paille noire, qu'elle transperçait machinalement d'une épingle à chapeau.

Norah avait passé l'après-midi dans la chaumière humide où Fig le jardinier vivait avec sa mère. Les gens du village qualifiaient, à juste titre, Mme Fig de petit être nauséabond. Sa maison était si dégoûtante qu'elle paraissait à peine habitable ; cependant, dernièrement, Norah passait ses après-midi de congé à tenter d'y faire régner un ordre relatif. Ce jour-là, pendant qu'elle récurait les sols et battait les carpettes, la vieille femme était restée pelotonnée devant le feu et avait radoté de sa voix douce et rêveuse. Occasionnellement, une larme solitaire s'échappait de ses yeux globuleux d'un bleu brumeux. Elle avait pour unique vêtement un vieux mackintosh graisseux qui ne tenait en place qu'à la faveur d'une série d'épingles et exhalait une odeur rance. On la considérait comme la lie du village. Quand Fig rentra pour dîner, au lieu du pain détrempé empestant la paraffine et du pot de pâté de poisson couvert de salpêtre habituellement disposés sur du papier journal, il découvrit une table dressée avec soin et un gâteau encore chaud. L'endroit respirait le savon et l'encaustique.

Il pinça sa longue lèvre supérieure et se renfrogna. Il avait beau ne pas apprécier la crasse de sa mère, il goûtait encore moins les ingérences de Norah. Cela faisait un moment qu'il la soupçonnait de nettoyer la maison en douce ; à présent, il en avait la certitude. Il se mit à table en lui adressant à peine un salut de la tête et mangea son gâteau, l'air morose. Elle tenta de lui faire la conversation, parla du couronnement qui approchait, mais il ne répondait que par monosyllabes, si bien que le repas se termina dans un silence absolu.

Quand il eut fini de manger, il éloigna sa chaise de la table pour se lever et resta sur place un instant à se ronger les ongles. Puis il retourna au jardin, où il entreprit d'éclaircir ses plants de carottes. Norah l'observait de la fenêtre de la cuisine. Elle trouvait que son long visage au teint cireux était le plus séduisant qu'elle eût jamais vu. « Il ressemble à un puritain », songea-t-elle. À contrecœur, elle reporta son attention sur la voix gentiment plaintive de la mère, puis se détourna de la fenêtre, coiffa son chapeau et ramassa ses gants de coton blanc.

Ayant salué Mme Fig, elle quitta la chaumière. Elle devait nécessairement passer devant Fig en redescendant le sentier cendré. Lorsqu'elle fut assez proche de lui, elle s'arrêta et souleva l'un des voiles de gaze dont étaient enveloppés les groseilliers.

— Comment sont les groseilles, monsieur Fig ? lui lança-t-elle gaiement.

Mais il se contenta de pousser un grognement, et se courba plus bas sur ses carottes. Elle passa son chemin et ouvrit tristement la barrière. Ce faisant, elle remarqua deux escargots qui rampaient sur le bois verdâtre. Elle les attrapa sans réfléchir et les envoya de l'autre côté de la route. Leurs coquilles se brisèrent contre des pierres. Elle jeta un regard à Fig par-dessus son épaule : il était toujours penché sur les plants de carottes.

Assise dans le fauteuil Windsor, transperçant d'épingles son plus beau chapeau, elle réfléchissait aux événements de l'après-midi, se demandant pourquoi Fig persistait à ne pas lui prêter attention. Si elle était aussi jolie qu'Eunice, les choses seraient peut-être différentes ? Elle songea qu'elle pourrait retirer une partie de ses économies de la poste pour s'acheter une robe neuve ; ou, mieux, elle pourrait passer par son club d'investissement et la payer à tempérament. Elle venait de finir de rembourser le corset gris qu'elle portait, alors elle pouvait se permettre l'achat d'une robe. Elle s'imaginait déjà traverser les prés au bras de Fig. Ils croiseraient certainement d'autres couples et personne n'ignorerait qu'ils « se fréquentaient » ; leurs chaussures neuves bien cirées crisseraient à chacun de leurs pas ; peut-être s'assiéraient-ils au bord de la rivière au coucher du soleil… Sa tristesse la quitta et elle jeta un regard autour de la pièce, comme si elle découvrait soudain où elle se trouvait. Remarquant qu'Emma l'observait, elle sourit et l'aida à émincer des œufs durs pour les poulets. Puis elles descendirent ensemble la pente du jardin afin de ramasser des petits pois pour le souper et de s'abandonner à leurs rêveries respectives dans le crépuscule estival.

III

C'était l'anniversaire de Grand-mère Willoweed. Elle fêtait ses soixante et onze ans. Juste après le petit-déjeuner, alors qu'elle mastiquait encore sa dernière bouchée, retranchée derrière la théière en argent, le Vieil Ives s'avança avec un panier d'œufs de cane et un pâté de porc dont il lui fit cadeau. Ils s'offraient toujours des présents à leurs anniversaires respectifs, et chacun d'eux était déterminé à survivre à l'autre. Ives, bien qu'ayant un an de plus que Grand-mère Willoweed, considérait que ses chances d'y parvenir étaient meilleures : il pensait que ses excès alimentaires finiraient par la tuer. La vieille dame le remercia et déclara :

— Ah, Ives, je crains que le jour de votre prochain anniversaire, je me trouve réduite à aller fleurir votre tombe.

Le vieil homme répondit :

— Pensez-vous, m'dame ? Ma foi, je ne doute pas que vous vous serez goinfrée jusqu'à l'étouffement d'ici que nous fêtions à nouveau le vôtre.

— Nous verrons bien, rétorqua Grand-mère Willoweed, fort peu perturbée. Quant à moi, je pense survivre à cette date-là tout en continuant à savourer mes repas ; alors peut-être seriez-vous assez aimable pour aller me couper toutes les roses que vous pourrez et les porter dans la maison au cours de la matinée. Je reçois pour mon tournoi de whist annuel, cet après-midi.

Tous les ans, le jour de son anniversaire, elle organisait un tournoi de whist. Un événement que personne n'appréciait beaucoup. Les épouses de ses métayers (car elle était propriétaire de trois fermes) avaient coutume d'y participer, ainsi que le docteur Hatt et son épouse, et leur pasteur somnolent accompagné de sa mère. Grand-mère Willoweed ne cessait de répéter que l'homme d'Église devait s'adonner à l'opium – sans doute parce que son visage évoquait celui d'un Chinois. Sa mère, une femme aux airs de moineau effrayé, gardait ses mains noueuses en forme de griffes près de son visage, comme en prière. Une posture qui lui rendait le jeu difficile puisque ses cartes pleuvaient autour d'elle, tels les pétales d'une fleur fanée. Les trois vieilles filles de Roary Court faisaient le trajet en tricycle. Leur bouc de compagnie trottant à leur suite, elles descendaient la grand-rue du village et l'attachaient à un endroit visible de la fenêtre du grand salon. L'animal vouait une adoration au lierre. Constatant qu'il avait terminé celui qui se trouvait à sa portée à Roary Court, ses vieilles maîtresses avaient mis une échelle à sa disposition. La vision de ce grand bouc noir et blanc perché sur ses barreaux, se goinfrant du lierre qui recouvrait leur maison, était des plus étonnantes.

Le célibataire du village, le boit-sans-soif Lumber Splinterbones, finissait souvent par apparaître à la fête d'anniversaire de Grand-mère Willoweed. Sorte de géant aux cheveux grisonnants, il empestait la bière, mais était aussi doux et gentil qu'un agneau. On ne l'avait jamais connu ni totalement ivre ni totalement sobre. Il était si lourd qu'il avait brisé plusieurs chaises de Willoweed House, et que, désormais, un imposant Chippendale à accoudoirs lui était réservé. Les vieilles filles de Roary Court, qui pensaient qu'il avait besoin d'être materné, se disputaient sans cesse le droit de le faire. Le notaire boiteux, M. Williams, arrivait en voiture avec son épouse et sa fille anémique. C'était lui qui gérait la fortune des Willoweed ; chaque fois qu'il leur rendait visite, Ebin l'acculait dans un coin et tentait de découvrir le montant exact de la fortune de sa mère, ainsi que la manière dont elle prévoyait d'en disposer dans son testament. Il y avait fort à parier qu'il s'y emploierait aujourd'hui encore, sans plus de succès. Il avait hérité d'une rente annuelle de cent livres à la mort de son épouse. Un revenu modeste, mais qui lui épargnait d'être entièrement dépendant de sa mère. Cela faisait des années que sa plume ne lui rapportait plus rien. Toutefois, sitôt qu'Emma atteindrait sa majorité, c'était à elle que reviendrait la rente de cent livres. Et cet état de fait préoccupait considérablement Ebin. À moins que sa mère ne décède avant cette date, il se retrouverait alors sans le sou. Parfois, la nuit, il se prenait à beaucoup réfléchir à l'avenir.

Au début de l'après-midi, lorsque les invités commencèrent à arriver, Emma se posta à côté de sa grand-mère pour les accueillir. Grand-mère Willoweed portait une robe magenta bordée de dentelle noire, et, sur la tête, trois plumes violettes fixées à un bandeau de velours poussiéreux. La robe magenta était déchirée en plusieurs endroits, mais la vieille dame considérait que c'était l'allure générale qui importait. Emma avait passé la robe de tussor vert qu'elle avait confectionnée elle-même. Elle était composée d'un bustier très ajusté et d'une longue jupe froncée à la taille. Elle la portait pour la première fois et il lui semblait que c'était une belle réussite. L'effet n'était peut-être pas aussi heureux qu'Emma se l'imaginait, mais le vert seyait fort bien à son teint vif – même si, lorsque sa grand-mère et elle se tenaient côte à côte pour recevoir leurs invités, le magenta et le vert avaient tendance à jurer au milieu des bruns et des noirs des tenues de leurs visiteurs. Lumber Splinterbones, tout à fait subjugué par l'apparence d'Emma, tenta gauchement de l'empoigner à plusieurs reprises avant d'accepter de prendre place à la table de jeu.

Quand tous les invités furent assis et eurent commencé à jouer, Emma s'éclipsa. Elle gardait le souvenir des tournois de whist que sa grand-mère n'avait pas réussi à remporter, ainsi que de ses cris perçants et autres rugissements de colère. Cette fois, le premier prix consistait en un assortiment de pots de foie gras, et elle savait que son aïeule était impatiente de les déguster au lit, le soir venu. Les épouses des métayers savaient tout à fait à quoi s'en tenir, cependant certains invités demeuraient peu fiables. D'autant que le deuxième prix était assez quelconque – un simple porte-toasts argenté.

Emma emprunta le long couloir dallé qui menait à la cuisine, pour aller récupérer le panier de pique-nique que Norah lui avait préparé. Un grand tumulte y régnait. Eunice finissait d'astiquer le service à thé en argent au milieu des gâteaux et des sandwiches. Le Vieil Ives semblait très mal à l'aise dans sa livrée de serveur, et Norah était au bord des larmes parce que le fourneau s'était éteint et qu'il n'y avait plus d'eau chaude. Emma attrapa discrètement le panier et descendit en courant à la rivière où Hattie et Dennis l'attendaient, installés dans la barque. Elle se sentait coupable de ne pas avoir offert son aide à la cuisine, mais était contente de s'être échappée. Hattie et elle prirent chacune une rame. Dennis s'occupait de sa flotte de petits bateaux, qu'il avait attachés à toutes sortes de cordelettes. Chaque fois que l'un d'eux se retournait, le petit garçon s'appuyait sur le bord de la barque pour le remettre à flot.

Lorsque les sœurs furent fatiguées de ramer, elles attachèrent le bateau sous un saule pleureur. C'était comme s'ils se retrouvaient à l'abri d'une tente de verdure. Ils restèrent là un petit moment, mais le fond de l'embarcation empestait tant le poisson qu'ils escaladèrent la rive pour aller s'allonger au soleil. La brise faisait danser les joncs, dont s'élevait une sorte de murmure. Au bout d'un certain temps passé ainsi, Emma souleva le couvercle du panier et ils dégustèrent leurs sandwiches au miel envahis de fourmis et burent le thé au goût étrange que produisaient invariablement les bouteilles thermos. Quand il ne resta plus rien de leur pique-nique, ils se prélassèrent de nouveau au soleil, leurs corps formant une ligne droite, et, échauffés par ses rayons, observèrent les libellules. Certaines étaient bleu clair, petites et élégantes, ou d'un vert étincelant ; d'autres, rayées et énormes, prélevaient de gros morceaux des feuilles des nénuphars qui flottaient sur l'eau.

Allongé au soleil, Dennis songea qu'il était bien plaisant de pique-niquer sous la responsabilité d'Emma. Il se souvenait des après-midi où son père l'obligeait à descendre de la barque pour nager, et où, le voyant s'agripper, terrifié, au bord de l'embarcation, il lui tapait les doigts avec une rame, hurlant de rire en le voyant se débattre dans l'eau. Quand il était enfin autorisé à remonter à bord, il claquait des dents. Ce qui avait pour seul effet de décupler l'hilarité paternelle. Il se couchait au fond de la barque, et Emma le frictionnait avec une serviette, pestant contre leur père qui riait toujours. Cette année, il n'avait pas encore eu à endurer ces terribles baignades. Les inondations avaient rendu la rivière impraticable, et depuis que l'on pouvait ressortir en bateau, Willoweed remarquait à peine la présence de ses enfants. Cela faisait des semaines qu'il ne leur dispensait plus leurs leçons matinales. Et il en serait sans doute ainsi jusqu'à ce que leur grand-mère s'en aperçoive. Un ouragan soufflerait alors sur la maison, réduisant presque leur père à néant, et les classes reprendraient avec un regain de vigueur, jusqu'à ce que Grand-mère Willoweed s'en désintéresse de nouveau et que leur fréquence diminue peu à peu. Dennis se demandait souvent pourquoi son père, qui semblait faire grand cas de la braverie, se montrait toujours si soumis à sa mère. Il se disait qu'il agissait peut-être ainsi par courtoisie.

Le soleil chauffait et une musique enflait, semblant se rapprocher. Un bateau passa, équipé d'un gramophone surmonté d'un grand pavillon vert. Un homme en blazer rayé manœuvrait l'embarcation à l'aide d'une perche, et une femme aux cheveux blonds comme les blés était assise à l'abri d'une ombrelle rouge. Elle changea le disque du gramophone et le grondement plaintif d'un orgue emplit l'air.

« J'ai une sainte horreur de l'orgue, pensa Emma. Je suis certaine que les amateurs d'orgue raffolent du cheesecake et disent *lounge* à la place de salon. »

Elle s'allongea sur le dos et se représenta la femme aux cheveux d'or, assise dans son lounge, en train de déguster un de ses éternels cheese-cakes en écoutant les grondements d'un orgue. Elle l'imagina mère de plusieurs fillettes, surnommées « les gamines ». Des enfants aux cheveux ondulés avec de gros nœuds roses au sommet de la tête, qui, les dimanches d'été, porteraient des chaussures en cuir véritable et des robes de demoiselles d'honneur en satin. Elle oublia la famille adoratrice de cheesecake et d'orgue lorsqu'elle s'aperçut que les enfants avaient disparu. Elle se redressa et, constatant qu'ils étaient dans le champ juste derrière elle, en train d'envoyer des pierres dans des bouses de vache, elle se détourna pour admirer la rivière.

Elle ne tarda pas à les rappeler et ils abandonnèrent leur jeu dégoûtant pour la rejoindre. Hattie portait une boîte en fer rouillée remplie de tritons attrapés à main nue dans un étang. Les enfants insistèrent pour les garder et les rapporter à la maison. C'est alors qu'ils s'aperçurent que les cordelettes des bateaux de Dennis s'étaient emmêlées ; ils s'appliquèrent à défaire les nœuds afin qu'ils flottent correctement. Emma accueillit le délai avec plaisir. Elle voulait être certaine que le tournoi de whist serait terminé à leur retour. De sorte que c'est avec des coups de rame nonchalants qu'elle finit par reprendre le chemin de la maison. Aucun hurlement ne s'en élevait, ce qui indiquait que la fête avait été un succès du point de vue de sa grand-mère.

Les invités étaient partis et les bonnes repliaient les tables de jeu du grand salon. Elle entendit sa grand-mère appeler « Emma, Emma » de son ton nasillard.

« Mon Dieu, faites qu'elle ne pique pas encore une de ses colères », pria la jeune fille, se dépêchant de gagner la salle à manger, d'où semblait provenir la voix surexcitée de la vieille dame. Grand-mère Willoweed se versait un verre de porto. Sa glotte apparaissait lorsqu'elle parlait, ce qui n'augurait rien de bon. Quand elle remarqua Emma, postée à l'entrée de la pièce, le regard plein d'appréhension, elle reposa son verre sur le buffet et déclara :

— Le docteur Hatt a été appelé en plein milieu de mon tournoi de whist. Sa femme était au plus mal : elle saignait du nez.

Elle saisit le décanteur pour se resservir, coulant une drôle d'œillade à sa petite-fille.

— Ma foi, les gens saignent fréquemment du nez. Il faut juste leur mettre une grosse clef au bas du dos.

Emma était déconcertée que sa grand-mère fasse une telle histoire d'un événement si anodin. Peut-être était-elle contrariée que la perte d'un joueur ait bouleversé son tournoi de whist ?

Grand-mère Willoweed but une petite gorgée de porto, lui adressant un regard reptilien par-dessus son verre.

— Il se trouve, ma chère, qu'une clef n'aurait été d'aucune aide dans ce cas précis, parce qu'il s'agissait d'un saignement de nez tout à fait singulier. Ce nez a saigné, encore et encore, jusqu'à ce que le lit soit couvert de sang – c'est du moins ce que j'ai entendu dire –, encore et encore, jusqu'à ce que le matelas soit trempé et que le sol devienne écarlate ; encore et encore, jusqu'à ce que Mme Hatt décède.

Elle but une autre gorgée de porto et ajouta :

— Oui, Mme Hatt est morte à l'heure qu'il est.

Elle observa Emma, espérant la trouver suffisamment secouée et surprise.

La jeune fille se remémora la silhouette rassurante de Mme Hatt, les tresses brunes entortillées autour de sa tête. Elle se rappela le jour où elle avait aidé l'épouse du médecin à confectionner de la marmelade, au printemps dernier. Serait-elle perdue, toute cette confiture ? Cela ne se faisait sûrement pas de manger la marmelade des morts ? Et qu'adviendrait-il des puddings de Noël qui pendaient dans sa cuisine ? Le docteur Hatt ne pourrait certes pas passer un joyeux Noël à déguster les puddings de sa femme tandis qu'elle reposerait, toute froide, dans le cimetière de l'église. Elle remarqua que sa grand-mère la dévisageait, son cornet acoustique positionné contre son oreille, prête à recueillir ses paroles choquées et affligées ; aussi fit-elle du mieux qu'elle put. Néanmoins, la vieille dame parut désappointée.

— Tu n'es qu'une jeune égoïste, Emma, tout comme l'était ta mère. Le chagrin d'autrui ne signifie rien pour toi. Je me souviens du jour où le matou a dévoré le saumon que le cousin Tweed m'avait envoyé d'Écosse, ta mère s'était permis d'en rire ; et une autre fois, quand je me suis brûlé la lèvre avec une châtaigne incandescente…

Mais Emma n'étant plus là pour entendre la suite, l'aïeule termina son porto et se lança à la recherche de quiconque n'avait pas encore eu vent du décès de Mme Hatt.

Elle finit par se diriger vers la resserre, où elle trouva le Vieil Ives en train de faire mijoter un pigeon sur son poêle à combustion, poussif mais efficace. Son auditoire potentiel était des plus limités, puisque cela faisait de nombreuses années qu'elle n'était pas sortie de sa propriété. Elle se refusait à parcourir, ou même traverser, des terres qui ne lui appartenaient pas. Raison pour laquelle elle ne visitait jamais ses propres fermes – il aurait fallu qu'elle traverse le village, pour cela. La plupart des enfants du coin, qui ne l'avaient jamais vue en chair et en os, en étaient venus à se la représenter comme un personnage monstrueux. Ils s'imaginaient qu'elle pouvait entendre tout ce qu'ils se disaient grâce à son cornet, et qu'en lieu et place d'une langue, elle avait deux serpents entortillés dans sa vilaine bouche. Ceux qui, à l'âge adulte, entraient à son service à Willoweed House se montraient presque déçus de ne pas la trouver aussi bizarre qu'ils s'y attendaient ; néanmoins, ils pouvaient rapporter à leurs amis qu'ils avaient vu trois taupes difformes empaillées sur une table en bambou de sa chambre à coucher, que les lacets de ses corsets étaient faits de boyaux de chat, qu'on l'entendait souvent siffler toute seule dans son lit, au petit matin, quand on lui apportait son thé ; et aussi qu'elle mangeait des biscuits tout noirs à même la boîte. Et ils s'appliquaient à raconter tout cela d'une voix rauque, sinistre et glaçante. En sus, il y avait toujours beaucoup à dire des quantités de nourriture qu'elle dévorait et de ses accès de rage, et on ne manquait pas de bleus à exhiber pour en attester.

IV

Le Vieil Ives était assis dans la resserre où il confectionnait une couronne de roses et de thym pour fleurir la tombe de Mme Hatt – des roses pleinement écloses pour une femme pleinement épanouie, bien qu'elle n'ait jamais eu d'enfant. Ives aimait choisir les fleurs les mieux adaptées aux destinataires de ses couronnes. Il réfléchissait souvent à celle qu'il confectionnerait pour Grand-mère Willoweed, et optait pour des chardons, de la berce et du houx gris-vert – lui accordant parfois un unique pissenlit. Ebin, pour sa part, aurait droit à du liseron et du tabac de jardin. Il arrivait souvent que les gens décèdent à des moments de l'année où les fleurs qu'il leur avait choisies n'étaient pas encore de saison. Lorsque tel était le cas, il leur confectionnait une couronne provisoire, puis, quelques mois plus tard, leur apportait la bonne. C'est à ce stade de ses réflexions qu'il remarqua la vieille dame qui allait et venait dans l'allée en contre-haut ; il rit sous cape, sachant ce qui la préoccupait.

Grand-mère Willoweed arpentait l'allée d'un pas résolu. Tout en rongeant l'ongle de son pouce calleux, elle écarta d'un coup de pied impatient une tortue qui se dressait sur son chemin. Elle réfléchissait à la possibilité d'assister à l'enterrement sans avoir à traverser des terres qu'elle ne possédait pas. Son regard tomba alors sur la rivière, qui scintillait entre les pins, et soudain son problème fut résolu. Elle se rendrait à l'église en bateau. Il faudrait qu'on ouvre le déversoir accolé au pont pour l'occasion, mais c'était une simple formalité. Elle gagna la resserre à grands pas pour donner à Ives ses instructions en prévision des funérailles. La vieille barque à fond plat pourrait être drapée de noir, et Ebin et Ives l'installeraient dedans. Elle se voyait déjà, glissant en grande pompe sous le pont, les immenses plumes noires de son chapeau oscillant délicatement.

Tandis que les deux personnes âgées discutaient des funérailles du lendemain, Hattie et Dennis jouaient avec le paon sur le cercle de pelouse qui faisait face à la maison. Ils le nourrissaient des miettes d'un bout de pain qui avait rassis dans la poche de Dennis. Le garçon poussa un cri de surprise quand le gros volatile lui donna un coup de bec.

— Non, tends la main comme cela, et il ne te piquera pas, lui expliqua Hattie.

Mais il jeta les miettes sur le gazon où elles furent picorées avec avidité par des moineaux en faction.

Le paon fit la roue, contrarié, et se mit à marcher à reculons, ses plumes vibrant d'indignation ; cependant, sa beauté furibonde n'eut aucun effet sur les oisillons. Les enfants observèrent un instant ce manège, puis leurs pas les portèrent jusqu'à la rivière, où ils avaient entrepris de construire un port entre les racines d'un vieux saule pleureur. Sur l'autre rive, ils pouvaient voir Eunice, marchant parmi les vaches, dans une grande prairie toute plate. Ce pré avait été divisé en deux parts égales, afin que l'une d'elles soit consacrée à la culture du foin ; et ce jour-là, le jeune Joe Lott avait commencé à faucher le bord extérieur du champ. Les enfants le regardaient, ayant l'impression de sentir, déjà, l'odeur du foin. Quand Joe arriva à la hauteur d'Eunice, elle alla se poster contre la barrière. Il arrêta son cheval et ils se mirent à discuter et à rire. Puis, l'air moqueur, Lott leva une bouteille brune et but à la santé d'Eunice. Les enfants savaient qu'elle ne contenait rien de plus que du thé froid et amer, ayant souvent eu l'occasion de boire au goulot des bouteilles des coupeurs de foins, qu'ils trouvaient invariablement décevantes. Ives descendit à la rivière chargé d'un gros ballot de tissu noirâtre qu'il jeta sur le ponton ; ensuite, pestant et grognant, il entreprit d'en envelopper la vieille barque à fond plat. Ses marmonnements furieux poussèrent les enfants à se replier vers les plants de fraisiers.

C'était un de ces après-midi des premiers jours de l'été où l'on ne pouvait échapper au bourdonnement constant des insectes. Un peu plus loin, dans la grand-rue du village, la femme du boulanger s'en allait fièrement. Une coiffe fleurie encadrait son visage aux joues rouges, et le corsage de sa robe était translucide au point que les rubans roses de sa camisole apparaissaient distinctement dessous. Les femmes du village disaient de son visage qu'il était irrité par les baisers. Parfois, au Masons' Arms, les hommes discutaient de la distance qu'ils avaient parcourue pour courtiser leurs futures épouses. Ils se tournaient alors vers le boulanger et faisaient remarquer qu'il était peu probable qu'il ait dû beaucoup marcher, quant à lui.

Ebin observa un moment la jeune femme de la fenêtre de sa mansarde. Puis il coiffa ses cheveux et sa moustache devant son miroir terne, garnit sa blague à tabac et se dirigea vers la porte. Semblant changer d'avis, il s'immobilisa, grimaçant, mais finit par s'élancer dehors et descendre l'escalier d'un pas léger. Il traversait le vestibule quand il entendit résonner la voix de sa mère. Il hésita, puis quitta la maison en douce. Sa mère appela de nouveau et gagna l'entrée de son pas pesant. La découvrant déserte, elle se rendit au vestiaire qui offrait une vue imprenable sur la rue. À travers les carreaux colorés de la fenêtre, elle vit son fils, tout rouge, qui suivait la femme du boulanger, toute jaune. Puis, à mesure qu'ils s'éloignaient, ils devinrent tous deux verts avant de disparaître de son champ de vision.

Tandis que son épouse se préparait à savourer un après-midi au bord de la rivière, Emblyn, le boulanger, travaillait dans la chaleur de son atelier au glaçage du gâteau de mariage de la fille du postier. Emblyn était un petit homme au teint grisâtre. Depuis peu, il souffrait d'un ulcère à l'estomac qui lui causait de fortes douleurs ; mais en dépit de son mal et de son désarroi, son pain demeurait le meilleur de tout le Warwickshire. Le papier avec lequel il l'emballait était tamponné de son nom, « Horace Emblyn », et des reproductions de ses médailles. Déçu par le mariage, il consacrait sa vie à sa boulangerie, et ses miches étaient si délicieuses et croustillantes, ses génoises si miraculeusement légères et ses cakes aux fruits si richement garnis et moelleux, qu'ils attiraient les clients alléchés à des kilomètres à la ronde. Cependant, il ne servait que les habitants du village, et cela occupait toutes ses journées et une bonne moitié de ses nuits. Il n'était assisté que d'un jeune garçon – sur lequel il soupçonnait sa femme d'avoir déjà des vues. Il s'appliquait à dessiner un motif complexe, mêlant fleurs et colombes, sur le glaçage neigeux du gâteau de mariage, ses pensées vagabondant librement, quand l'idée lui vint de confectionner quelques miches de pain de seigle à titre expérimental. Il en oublia jusqu'à son épouse et la douleur qui lui tordait l'estomac, et ne ressentit plus que du bonheur.

Norah connut elle aussi le bonheur, en cet après-midi d'été. Elle rentrait d'une visite au verger des

Bennet où elle avait commandé une grande quantité de fraises qui devaient être transformées en confiture pour les Willoweed. La route sur laquelle elle avançait était blanche de poussière, mais les fossés profonds qui la bordaient, d'un vert brillant piqueté de brins de cerfeuil sauvage et de hauts boutons-d'or. Elle traversait le petit pont qui séparait le Worcestershire du Warwickshire quand, entendant les roues d'un chariot, elle se retourna et vit Fig qui conduisait le cabriolet du docteur Hatt, soulevant un nuage de poussière qui l'enveloppait tel un linceul. Elle se prit à espérer de tout cœur qu'il ne passerait pas son chemin sans lui adresser la parole, et fut si surprise lorsqu'il s'arrêta pour offrir de la raccompagner qu'elle grimpa à côté de lui sans mot dire. Fig fit une vague allusion à des relations de Londres du docteur Hatt qu'il était censé récupérer à la gare de Honeywell ; mais elles ne se trouvaient pas dans le train, de sorte qu'il avait effectué cette course pour rien.

« Pas pour rien », pensa Norah, traversant le village à ses côtés telle une reine.

Ils approchèrent du portail de Willoweed House sans échanger une seule parole, mais quand Norah leva les yeux pour le remercier, elle était si jolie, son visage d'ordinaire pâle et sans attrait rayonnait tellement, que Fig se prit à lui demander de bien vouloir rendre de nouveau visite à sa mère.

— Cela lui fait tant de bien, dit-il.

Et il s'éloigna, déconcerté par sa sottise et sa faiblesse.

Norah ouvrit les grandes grilles sombres comme dans un rêve heureux. Quand elle entra dans la maison, elle remarqua à peine que sa sœur était absente ; et ne remarqua pas davantage, lorsque Eunice rentra un peu plus tard, que sa robe était étrangement froissée et qu'il manquait des boutons à son corsage.

V

Le soleil inonda la chambre d'Emma dès les premières heures du matin. La lumière qui se réfléchissait sur la rivière dessinait des motifs dorés sur le mur. Elle se leva, s'habilla à la hâte, quitta discrètement la demeure endormie et dévala la pente du jardin. Elle trouva la vieille barque à fond plat amarrée au ponton, sous son drap noirâtre décoré çà et là de papillons de nuit rêveurs. Lorsqu'elle s'agenouilla pour détacher le canoë, le soleil avait déjà tant chauffé les planches du ponton qu'elle ressentit leur chaleur à travers ses jupes. Elle descendit dans la petite embarcation et la propulsa sur l'onde lisse, pleinement heureuse. Il n'y avait personne, à l'exception d'un cygne et sa portée de cygneaux qui passèrent tranquillement leur chemin. Des champs s'étiraient des deux côtés de la rivière. L'un, redevenu vert depuis que les foins avaient été coupés, l'autre, du bleu étincelant des jeunes choux. Plus loin, dans une crique, des vaches plantées dans l'eau jusqu'aux genoux tournèrent gracieusement la tête pour la suivre du regard. Elle arriva au niveau d'un petit bateau à vapeur échoué qui s'était enlisé là quelques étés auparavant et que personne ne s'était donné la peine de dégager. C'était un bateau trapu et d'allure grossière à l'époque où il crachait encore sa vapeur. Chargé d'une poignée de vacanciers, il poussait des sifflets stridents à chaque coude de la rivière, causant des remous qui importunaient les pêcheurs paisibles postés sur les rives ; mais, à présent qu'il gisait couché dans la vase et que sa peinture criarde était toute délavée, il paraissait presque beau.

Le silence du matin fut brisé par les aboiements excités d'un jeune chien de berger, puis par les voix de quelques journaliers conduisant une charrette vers un champ. Tirée de son état de bonheur tranquille, Emma s'aperçut qu'elle avait faim et que l'eau qui s'écoulait le long de la pagaie avait mouillé sa robe. Alors qu'elle manœuvrait le canoë pour rentrer, elle constata avec surprise que les berges boueuses paraissaient bien plus hautes et que l'eau semblait se retirer. Elle se rappela alors qu'à la saison des foins il n'était pas rare qu'on fasse baisser le niveau de la rivière afin que les charrettes puissent traverser à gué.

Quand elle approcha du ponton, elle vit Dennis allongé à plat ventre sur les planches, les yeux plongés dans l'eau. Elle l'appela et, n'obtenant pas de réponse, comprit qu'il était contrarié qu'elle soit partie sans lui.

— Dennis, appela-t-elle encore, sais-tu pourquoi ils abaissent le niveau de la rivière ?

L'enfant se releva d'un bond et examina son petit port niché entre les racines du saule pleureur.

— Regarde ! Il a déjà baissé d'une bonne quinzaine de centimètres !

Retrouvant sa bonne humeur, il partit en courant prévenir Hattie. Les enfants adoraient fouiller la vase à la recherche de trésors et, bien qu'ils le fissent au moins deux fois chaque été, il y avait toujours des merveilles enlisées à découvrir – petits bouts de verre coloré ou de faïence, clefs, pièces de monnaie, tire-bouchons rouillés, soldats de plomb égarés de longue date, et même, une fois, une pièce d'un shilling et un gros chien en porcelaine.

Emma entra par la cuisine et fut saisie par une puissante odeur de bacon frit. Norah préparait un plateau pour sa grand-mère.

— Trois œufs de canard et tout ce bacon, mademoiselle Emma, grommela-t-elle, irritée. Le maître descend, ce matin, peut-être feriez-vous mieux de l'appeler ; on ne peut quand même pas laisser les repas s'étirer sur toute la journée !

Emma alla chercher son père, et fut étonnée de le voir descendre l'escalier qui desservait sa mansarde, vêtu de noir de pied en cap et exhalant une odeur de camphre.

— Le petit-déjeuner est prêt ? s'enquit-il d'un ton hautain, passant devant elle.

Déconcertée, Emma gagna sa chambre pour coiffer ses cheveux, qui lui tombaient librement dans le dos. Elle tenta de les faire bouffer sur les côtés en les nouant en un chignon bas, puis sortit d'un tiroir un miroir argenté, dissimulé par une chemise de nuit. Elle admira sa nouvelle apparence quelques instants avant de dissimuler à nouveau l'objet, qu'elle avait pris dans la chambre de sa mère à l'une des rares occasions où sa grand-mère l'avait laissée ouverte.

Quand elle descendit à la salle à manger, elle entendit son père regretter amèrement que la table du petit-déjeuner n'ait pas encore été dressée. Lorsqu'elle le fut enfin, Norah frappa le gong si férocement que Grand-mère Willoweed balança un bougeoir en cuivre dans l'escalier. Hattie et Dennis passèrent le repas à observer leur père. Le garçon osa même s'exclamer :

— Ma foi, père, vous avez l'air fort chic !

Ebin le gratifia d'un regard froid et répondit :

— Je n'ai pas porté ces vêtements depuis la mort de votre chère mère.

Le quasi-silence du repas fut troublé par un grand coup frappé à la porte, et Ives apparut, le visage rayonnant.

— Il faut que je parle à la vieille maîtresse, cria-t-il presque. Elle ne pourra pas se rendre à l'enterrement en passant par notre vieille rivière, parce qu'elle ne sera plus là, disparue, résolument.

— De quelles sornettes s'agit-il encore ? s'enquit Grand-mère Willoweed.

Elle était entrée dans la pièce derrière Ives sans que quiconque la remarque, ce qui était étrange au vu de sa silhouette impressionnante. Elle ressemblait à un énorme oiseau noir, hideux et terrifiant, surmonté de longues plumes bleu nuit et noires et exhalant, non pas une odeur de camphre, mais de chlorodyne.

Au cours des minutes qui suivirent, une cacophonie furieuse envahit la pièce, les deux aînés hurlant l'un sur l'autre. Puis, Ebin marchant derrière eux avec un air morose, ils descendirent inspecter la rivière. Les enfants restèrent à table, riant et pleurant à la fois.

À onze heures trente, le petit groupe sinistre se querellait toujours au bord de la rivière, sous les féroces rayons du soleil. Finalement, il fut décidé par Grand-mère Willoweed que la barque pourrait être traînée dans la vase jusqu'à ce qu'ils atteignent l'eau.

— Mais qui va devoir patauger dans toute cette boue ? gémit son fils.

— Toi, bien sûr, avec l'aide d'Ives.

— Et mes vêtements, mère ! protesta-t-il.

— Tu as déjà l'air d'un idiot attifé ainsi, alors quelle importance ? rétorqua la vieille dame, brandissant son cornet acoustique telle une arme.

Ives se rendit à la resserre et en rapporta les deux grandes paires de cuissardes que l'on utilisait parfois pour pêcher près du barrage. Ebin et lui les enfilèrent à contrecœur.

— Allez, allez ! s'impatienta leur persécutrice, sa langue dardant entre ses lèvres.

Sans un mot, ils descendirent dans la vase et, tantôt poussant, tantôt tirant, firent progresser la vieille barque en direction de l'eau. Et, s'échinant à soulever puis traîner l'embarcation dans la boue, ils parvinrent effectivement à la mettre à flot. Ives l'immobilisa alors, le temps qu'Ebin aille chercher sa mère, qui se jeta presque sur lui et passa ses jambes énormes autour de sa taille, le faisant chanceler. Titubant et haletant, il parvint à regagner la barque funéraire et à déposer son horrible fardeau dessus. Libéré du poids maternel, il s'écroula sur le bord du bateau, la sueur ruisselant sur son visage congestionné et violacé. En camarade d'infortune, le Vieil Ives l'aida gentiment à grimper dans la barque.

Quand Ebin eut suffisamment récupéré, les deux hommes prirent appui sur des poteaux d'amarrage pour propulser l'embarcation, qui glissa sur l'eau assez aisément. Grand-mère Willoweed trônait dans son fauteuil drapé de noir, figure altière quoique passablement boueuse. Elle regardait droit devant elle, ce qui présentait pour avantage de lui épargner la vue du visage hilare d'Eunice, qui l'observait entre les arbres, et d'une Hattie tordue de rire, perchée sur le toit du poulailler. Les canards d'Ives surveillèrent la progression de la barque depuis l'îlot où ils se prélassaient au soleil, puis, sitôt qu'elle arriva à leur niveau, se jetèrent presque tous à l'eau dans un concert de caquètements accueillants.

— Débarrassez-moi de ces stupides volatiles ! geignit la vieille dame.

Ives ne prêta aucune attention à elle, et ses canards continuèrent de les suivre, pleins d'espoir.

Une foule importante s'était massée sur le pont. Elle se composait, en grande partie, de villageois qui n'avaient encore jamais vu Grand-mère Willoweed et voulaient saisir leur chance. Des cris s'élevèrent : « La voilà ! La voilà ! Regardez, c'est la vieille ! Mince alors, n'a-t-elle pas l'air d'une sorcière ? Et le M. Ives, le voilà attifé comme un rupin ! Pensez-vous qu'ils vont s'embourber ? »

Alors qu'Ebin était submergé par la honte et la gêne, sa mère, qui n'était pas en mesure d'entendre leurs remarques, s'inclinait sobrement, s'imaginant que le village s'était rassemblé pour lui rendre hommage.

Le déversoir étant accolé au pont, la foule fut bientôt distraite par le spectacle des deux hommes qui se mirent à patauger dans le mélange d'eau et de vase, s'efforçant de l'ouvrir pour faire passer la barque de l'autre côté. Un peu plus loin, le cimetière descendait en pente jusqu'à la rivière. Une fois encore, Ebin dut porter sa mère sur la berge boueuse, et Ives suivit, les bras chargés de sa couronne tristement défraîchie.

Par chance, les canards avaient disparu et ne fermaient pas la marche. Quelques personnes accoururent malgré tout pour ricaner et se gausser d'Ebin qui titubait sous le poids de la vieille dame. Au cours des semaines qui allaient suivre, les enterrements deviendraient fréquents dans ce village ; mais jusque-là, ils étaient assez rares et attendus impatiemment.

La foule endeuillée se rassembla dans la petite église romane pour assister au bref service religieux, puis se déversa dehors. Alors, lentement, la tête inclinée, les gens se dirigèrent vers la fosse fraîchement creusée, flanquée d'un gros monticule de terre. Le docteur Hatt se tenait seul, perdu dans ses pensées. Il avait l'air absent, ne semblait pas se rendre compte qu'il s'agissait des obsèques de son épouse. Le soleil de la mi-journée frappait les silhouettes noires de ses rayons cuisants. On aurait dit un essaim de ces mouches énormes et léthargiques que l'on croise souvent à la fin de la saison sèche, encerclé par les pierres tombales penchant dans toutes les directions, les unes fort belles, les autres décrépies au point d'être percées de trous béants laissant apparaître l'herbe verte du cimetière.

Quand l'enterrement fut terminé et que la foule se dispersa, des badauds surgirent pour regarder le fossoyeur combler la fosse avec les pelletées de terre glaise si récemment prélevées, et pour examiner les couronnes fanées. De nombreux chiens les accompagnaient.

VI

Des éclats de rire s'élevaient de la remise de Willoweed House, alors que les gouttes de pluie frappaient le toit en tôle ondulée de la grande grange comme autant de plombs de fusil. Le noir était quasiment total à l'intérieur, mais le rai de lumière qui arrivait du grenier où l'on stockait les pommes, juste au-dessus, tombait sur Ebin Willoweed, qui embrassait l'épouse du boulanger dans la vieille calèche moisie. La fenêtre était drapée du corset de celle-ci et d'autres vêtements étaient éparpillés dans tout l'espace. Ils buvaient de la bière aigre, riaient et faisaient l'amour, tandis qu'à l'étage du dessus, des souris rongeaient les pommes pourries.

Seul dans son échoppe, le boulanger poursuivait son élaboration d'un nouveau pain de seigle. Il avait bon espoir d'être en mesure d'en fournir une petite miche à chacun de ses clients, d'ici quelques jours. L'idée de la surprise et de la joie qu'il allait leur procurer atténuait tant son malheur qu'il consacra cet après-midi pluvieux à cette seule tâche.

Hattie et Dennis attendaient leur père dans son bureau. Il les avait abandonnés avec l'*Histoire d'Angleterre* de Macaulay peu après le déjeuner ; ne le voyant pas revenir, ils avaient déchiré les pages une à une et confectionné des chapeaux et des bateaux en pliages. Dans la chambre du dessous, allongée sur son lit, leur grand-mère grignotait ses biscuits au charbon de bois. Les voix des enfants lui parvenaient, et il lui semblait également entendre celle de leur père, de sorte qu'elle se félicita d'avoir insisté pour que les leçons reprennent. Cette discussion avait donné lieu à une scène mémorable, à l'issue de laquelle Ebin avait fini par accepter de servir de « répétiteur » à ses enfants plusieurs heures par jour. Il avait toujours préféré qualifier ainsi ses velléités de les instruire, le mot « répétiteur » sonnant fort joliment.

Elle se souvint alors des deux silhouettes colorées qu'elle avait vues traverser le vitrail du vestiaire, et songea que c'était une bonne chose qu'elle ait mis un terme à ces sottises. Seulement, elle s'ennuyait à présent. Elle était parvenue à ses fins : son fils instruisait ses enfants, les bonnes accomplissaient leur travail, et même Ives avait accepté de retourner le parterre du côté nord de la maison, si négligé qu'il était totalement envahi de sureau. Dans le fond elle ne se souciait guère qu'il soit couvert de chardons ou de sureau, elle savait seulement qu'Ives redoutait de devoir enfoncer sa bêche dans la glaise compacte et gorgée d'eau de ce parterre-là.

Depuis quelques jours, on pouvait voir la vieille carcasse courbée du jardinier creuser la terre somme toute joyeusement ; et, bien qu'elle l'ait longuement toisé de toute sa hauteur, telle une esclavagiste armée d'un cornet acoustique plutôt que d'un fouet, aucune plainte ne s'était élevée des lèvres du vieil homme. Elle ignorait qu'il venait de découvrir, dans ce parterre, un coffret dont on devinait qu'il était jadis décoré de coquillages. Le bois qui le constituait était presque pourri, mais les deux souverains en or et les florins qu'il contenait étincelaient à souhait. De sorte que le vieux domestique creusait gaiement dans l'espoir d'exhumer d'autres trésors. Il supposait que le coffret avait été enfoui là par Jenny Willoweed. Peut-être faisait-elle des économies en prévision du jour où elle pourrait fuir cet endroit. Elle avait fini par s'échapper sans l'aide des précieuses pièces. Mais Ives était tenaillé par sa conscience. Il avait très envie de conserver le contenu du coffret, cependant, cet après-midi-là, alors qu'il attendait la fin de la pluie, assis dans sa resserre, il décida de donner un souverain en or à Emma ; et à Hattie et Dennis, un florin chacun. Nul n'était besoin de leur révéler d'où venait l'argent.

Son dilemme résolu, il ressortit sous la pluie pour aller remplir son vieux seau rouge de remoulage au grand coffre de l'étable. Il traversait la cour quand il entendit des voix en provenance de la remise. Il entrouvrit la porte, mais, reconnaissant celle d'Ebin Willoweed, se ravisa aussitôt et fila à la cuisine récupérer les peaux de pommes de terre bouillies dont ses canards raffolaient.

Emma avait été abandonnée dans la salle à manger par sa grand-mère devant une montagne de draps blancs, tous largement troués et déchirés. Elle en avait déjà reprisé plusieurs à l'aide d'une petite machine à coudre antique, mais, à sa grande horreur, les coutures se défaisaient déjà : la machine ne produisait qu'un petit point de chaînette charmant, qu'elle avait oublié de fixer à chaque extrémité. Elle accueillit le plateau de thé d'Eunice avec reconnaissance, et les deux filles se mirent à discuter tout en débarrassant la table des draps. Eunice ne parlait que de la rumeur qui courait, selon laquelle le docteur Hatt allait probablement acheter une automobile à moteur – « une belle automobile jaune, mademoiselle, une Sunbeam, et M. Fig va devoir apprendre à la conduire. Oh, mademoiselle Emma, Norah brûle d'impatience de le voir au volant ! » s'écria la bonne avec enthousiasme.

Le visage de Grand-mère Willoweed, telle une guêpe boursouflée, apparut dans l'ouverture de la porte.

— Pourquoi tous ces bavardages, vous deux ?

Elle s'empressa de placer son cornet acoustique contre son oreille. Eunice lui parla de la belle automobile jaune, sans toutefois manifester le même enthousiasme que précédemment. La vieille dame but ses paroles mais parut déçue.

— Ah, c'est tout ? fit-elle d'un ton plein d'amertume. Quand vous aurez mon grand âge, vous saurez que les hommes se comportent tous comme des imbéciles sitôt qu'ils deviennent veufs.

Se tournant soudain vers Eunice, elle reprit :

— Allez, fiche le camp d'ici, toi ! Apporte-moi mon thé !

Les enfants dévalèrent l'escalier, ayant entendu le tintement des tasses de la mansarde de leur père.

— Qu'avez-vous appris, vous deux ? les questionna leur grand-mère.

— Oh, nous révisions l'*Histoire d'Angleterre* de Macaulay, cria Hattie.

Son frère et elle éclatèrent aussitôt de rire. L'aïeule leur coula une œillade soupçonneuse et exigea de savoir où se trouvait leur père.

— Il est sorti sous la pluie pour s'acheter du tabac. Pauvre père, il sera trempé, se lamenta Hattie, levant de grands yeux tristes.

À cet instant, le pas d'Ebin Willoweed résonna dans le vestibule et ils l'entendirent gagner l'étage en catimini. Grand-mère Willoweed se mit à cogiter devant une grosse tranche de cake aux quetsches.

Trois jours plus tard, tout le monde au village reçut une petite miche de pain de seigle en plus de son pain quotidien.

VII

En dépit de leur aspect un brin sinistre, les petites boules de pain de seigle ravirent les villageois qui se délectèrent de leur saveur acidulée. Les commandes de pain de seigle ne tardèrent pas à augmenter, et Emblyn se retrouva à travailler bien plus que de coutume. Au point qu'il finit par confier les livraisons à son jeune assistant et qu'il engagea pour l'aider à la boulangerie un vieil homme hideux du nom de Toby.

Le vieil homme en question avait été défiguré par de la chaux vive dans sa jeunesse. Il avait les yeux rouges et le visage vérolé, mais était un employé modèle et d'une propreté immaculée. Il avait travaillé pendant de nombreuses années dans la cuisine d'un grand hôtel, où il officiait hors de la vue des clients, mais avait soudain ressenti l'envie de retourner vivre dans le village de son enfance. Sa mémoire lui en avait forgé une image tout enluminée d'or et il lui semblait que les habitants de là-bas avaient toujours porté un regard bienveillant sur ses traits défigurés. À la ville, chaque fois qu'il quittait les profondeurs obscures de sa cuisine, les gens ouvraient de grands yeux horrifiés et les jeunes garçons lui criaient : « Vous vous êtes servi de votre tête comme d'un tisonnier, mon vieux ? », entre autres remarques cruelles. Si bien qu'il était revenu au village avec les économies de toute une vie, et s'était acheté une petite chaumière située dans le champ de l'autre côté de la rivière. La désillusion fut amère, au début. Il découvrit la même expression épouvantée sur les visages des villageois que sur ceux des citadins, car les jeunes ne l'avaient pas connu et les vieux l'avaient oublié. Avec le temps, pourtant, ils finirent par se faire à son apparence. Il put participer aux activités du village, et se tailla une assez belle réputation de jardinier grâce aux énormes dahlias qu'il faisait pousser au milieu des choux, dans son jardinet. Il n'avait pas besoin de l'argent qu'il gagnait à la boulangerie, mais il aimait y travailler et éprouvait de la reconnaissance envers le petit boulanger, le premier homme du village à lui avoir témoigné de l'amitié à son retour. Il supposait que l'une des raisons pour lesquelles l'artisan l'avait choisi comme assistant était qu'il y avait peu de risques qu'il attire son épouse ; mais cet état de fait lui convenait bien car les femmes le terrifiaient.

Le vieux Toby travaillait à la boulangerie depuis une dizaine de jours quand Eunice y entra pour commander un grand cake au carvi pour les Willoweed. C'était un après-midi suffocant, et l'odeur de levure conjuguée à la vue des yeux rouges et du visage scarifié du vieux Toby lui donna soudain la nausée. Elle sentit la sueur perler sur sa lèvre supérieure et un grand froissement, évoquant les battements d'ailes d'un millier de pigeons, résonna dans ses oreilles. Elle s'assit sur un sac de farine et posa la tête dans ses mains. Toby alla lui chercher de l'eau, son triste visage crispé par l'angoisse. Eunice se sentit mieux sitôt qu'elle eut bu quelques gorgées ; elle venait à peine de se hisser sur ses jambes qu'un garçon fit irruption dans la boutique en hurlant :

— Ohé ! Le meunier est devenu dingue et il s'est noyé. Ils sont en train de repêcher son corps dans la rivière !

Il disparut avant qu'ils ne puissent lui poser la moindre question. Abandonnant son pétrin, le boulanger fit irruption dans la boutique.

— Qu'est-ce que c'était ? Que s'est-il passé ?

Sa femme, qui s'enivrait dans son coin, apparut à son tour.

— Qu-qu-qu'est-ce qui y a ? s'enquit-elle, chancelante.

Eunice partit sans commander son cake au carvi, elle se sentait étrangement mal et était impatiente de s'allonger dans la fraîcheur et le calme de sa chambre. Mais lorsqu'elle arriva à la grande maison, le chaos y régnait. Grand-mère Willoweed avait eu vent de la nouvelle et insistait pour qu'Emma l'emmène en barque voir les hommes repêcher le corps du meunier. Elle lui hurlait dessus et la secouait, et la pauvre Eunice ne parvint qu'à gémir « Non ! Non ! » d'un ton pathétique.

Le vacarme résonna jusqu'à la mansarde d'Ebin, qui descendit à pas feutrés, se tenant à la balustrade afin de pouvoir effectuer une preste retraite avant d'être mêlé à quoi que ce soit de déplaisant. Lorsqu'il comprit la raison de toute cette agitation, n'étant pas opposé à l'idée de voir le noyé de ses propres yeux, il offrit à sa mère de l'accompagner. Les mots furent à peine sortis de sa bouche que la vieille dame le saisit par le bras et le traîna presque de force vers le cours d'eau.

— Vite, vite, ou nous arriverons trop tard, s'écria-t-elle, prenant son élan pour sauter dans la barque, qui se mit à tanguer sous son poids.

En dépit de la chaleur, Ebin donna des coups de rame énergiques, toujours pressé par sa mère, et ils furent bientôt en vue d'un petit groupe de barques vides. Sur la berge, une douzaine de badauds observaient le docteur Hatt qui, assisté du fils du meunier, pratiquait la respiration artificielle au noyé, sans aucun résultat. Le meunier était tout à fait mort et ses yeux affreusement écarquillés.

— Je suis désolé, mais cela ne sert à rien, finit par dire le médecin. Il est mort depuis une bonne heure. Portons-le au moulin.

Ils décidèrent d'étendre le corps sur une couverture au fond d'une barque que son fils pourrait remorquer jusqu'au moulin. Le docteur Hatt ferma les yeux terriblement ouverts du défunt, mais le regard vitreux réapparut aussitôt. L'un des villageois s'avança et déposa des pièces d'un penny sur ses paupières closes afin de les maintenir en place ; cependant, sitôt qu'on le souleva pour le porter dans l'embarcation, les pièces tombèrent et l'abominable regard béant réapparut. Personne n'éprouva le désir de suivre le meunier trépassé et son fils vivant. Même Grand-mère Willoweed se sentit trop lasse pour cela ; elle ne tarda pourtant pas à se remettre, lorsque, sur le chemin du retour, elle se rappela que l'heure du thé approchait. Des nuages lourds, certains aux contours déchirés, s'étaient amoncelés dans le ciel, et ils furent accueillis par le cri strident du paon à leur descente de la barque.

Ce soir-là, la chaleur fut accablante, aucune feuille ne bougeait dans les arbres. On sentait l'orage couver, mais il ne se déclarait pas et les feuillages demeuraient immobiles. Emma fut réveillée par Dennis, qui pleurait et gémissait dans son sommeil, et qui, même lorsqu'elle l'eut pris dans son lit pour le réconforter, continua à s'agiter et crier qu'un gros poisson avec la tête du meunier tentait de le dévorer. Il en fut ainsi toute la nuit.

VIII

Ebin se promenait sous un ciel jaune poisseux. Il n'y avait pas un souffle d'air et les villageois discutaient en petits groupes fatigués. Il s'arrêta sur le pont et se mit à fixer l'eau : elle aussi paraissait jaune et fatiguée. Il avait peu dormi cette nuit, la chaleur était insupportable sous le toit en tuiles de la maison, et quand il avait fini par s'assoupir, les cris de Dennis l'avaient réveillé.

La chaleur était déjà écrasante et il n'était que neuf heures du matin. Toujours sur le pont, Ebin regarda les petites boutiques ouvrir et remonter leurs stores, et les groupes de femmes se défaire tandis qu'elles gagnaient les différents magasins. Il n'avait pas bougé quand le boucher s'avança à son tour sur le pont, son chapeau de paille relevé sur le front, semblant vouloir aiguiser ses couteaux sur les pierres du parapet. Ayant déposé ses outils de travail sur le muret, il se mit à les observer d'un air absent. Ebin remarqua ses doigts boudinés, qui trituraient machinalement son tablier rayé. Il remarqua aussi le visage rouge et échauffé de l'homme, et se souvint qu'il avait souffert de quelque affection interne sérieuse, récemment. Il continua à l'observer, et nota que le comportement du boucher était de plus en plus curieux. Ses gestes devenaient saccadés et il semblait parler tout seul. Bientôt, ses jambes se mirent à tressauter, comme s'il s'apprêtait à exécuter un pas de danse étrange qui avait quelque chose d'horriblement pathétique. Sa tête tomba mollement, se balançant sur son cou massif, et ses yeux jaillirent de son gros visage écarlate exprimant le désarroi. Soudain, l'homme saisit un couteau de ses gros doigts tremblants, et entreprit de l'aiguiser avec frénésie, sans cesser de marmonner dans sa barbe. Ebin pensa : « Il va avoir un accès de folie. Que faire ? Et il va certainement perdre son chapeau. » Bizarrement, la perspective de la chute du chapeau du boucher le terrifiait. C'est alors que les cris s'élevèrent, des hurlements épouvantables, tandis que chaque face étincelante du couteau glissait sur la pierre, l'une après l'autre. Des paroles tourmentées et effrayantes jaillissaient de sa bouche, donnant à Ebin l'envie de fuir pour ne plus les entendre ; mais il était incapable de bouger, de reculer ne serait-ce que d'un pas, tant sa terreur était vive. Des femmes joignirent leurs hurlements à ceux du boucher. Certaines coururent se réfugier dans les boutiques les plus proches, et, quand il entendit leurs verrous se fermer, il se sentit totalement abandonné à sa terreur.

Tout à coup, les cris cessèrent, de même que l'affûtage du couteau, et l'on n'entendit plus que l'eau du barrage qui cascadait par le déversoir. Le boucher admirait son couteau, émerveillé, comme s'il le voyait pour la première fois et ignorait comment il était arrivé dans sa main. Puis il se mit à beugler, tel un pauvre taureau effarouché, et brandit son arme comme pour attaquer un ennemi invisible, se déplaçant sur le pont en titubant. Ebin trouva enfin la force de s'éloigner, reculant à quatre pattes le long du parapet. Incapable de fermer la bouche, il voyait sa salive goutter sur le sol poussiéreux et avait l'impression de respirer une odeur de sang. Les mugissements laissèrent alors la place à d'étranges gargouillis. Ebin regarda par-dessus son épaule : le boucher s'était arrêté et se balançait lentement sur ses jambes. Soudain, d'un geste fluide, il se trancha la gorge de part en part, y dessinant un large sourire. Ebin ferma les yeux et entendit l'énorme masse de l'homme s'écraser à terre. Lorsqu'il finit par les rouvrir, le boucher gisait dans une mare de sang qui commençait déjà à se coaguler et avait, par endroits, l'apparence du foie cru.

Ebin se hissa tant bien que mal sur ses jambes, et resta là, tremblant, un bras en travers des yeux. Bientôt, il entendit des voix d'hommes et on l'entraîna vers l'auberge du Lion Blanc, au pied du pont. On lui fit gagner la salle de billard et on l'étendit avec douceur sur l'une des confortables banquettes rouges.

— Non, il y a du sang là-dessus, emmenez-moi ailleurs, articula-t-il péniblement.

On lui versa du whisky dans le gosier et quelqu'un l'éventa avec un calendrier arraché du mur. Des mouches vrombissaient contre les fenêtres. Le whisky le ranima assez pour qu'il tente de se relever, mais on le repoussa gentiment sur le sofa.

— Vous feriez mieux de rester tranquille, monsieur, tant que le médecin ne vous a pas vu, lui conseilla une femme compatissante.

— Oh, mon Dieu ! Je ne suis pas blessé, n'est-ce pas ?

Et Ebin s'examina aussitôt, cherchant des traces de coupure sur son corps.

— Non, mais cela vous a causé un vilain choc, monsieur, le rassura-t-elle de sa voix apaisante. Ce pauvre boucher, qu'est-ce qui a bien pu le posséder pour qu'il fasse une chose pareille ?

— Ce doit être cette chaleur accablante, déclara l'homme qui l'avait soutenu jusqu'à l'auberge, elle nous rend tous fous à lier. Pour ma part, j'ai fait des rêves terribles, la nuit dernière. (Ses lèvres tremblaient, tant cette évocation lui était pénible.) Quant à mes douleurs d'estomac, elles étaient intolérables !

Ebin le dévisagea, consterné. Il n'allait quand même pas devenir dingue, lui aussi. Il entendit alors la voix du docteur Hatt et se sentit en sécurité. Le médecin pénétra dans la salle de billard en arborant une mine plus sombre encore que d'ordinaire. Il examina brièvement Ebin, le déclara indemne, et offrit de le reconduire chez lui dans son automobile jaune toute neuve, stationnée devant l'auberge. Mais Ebin ne voulait pas qu'on le ramène chez lui. Il ne se sentait pas en état d'endurer les questions dont sa mère ne manquerait pas de l'abrutir.

— Ma foi, dans ce cas, vous feriez bien de rentrer avec moi, déclara le médecin.

Et ils se hissèrent dans la grande automobile décapotée.

À n'importe quel autre moment, Ebin aurait été ravi de traverser le village assis dans le monstre jaune vrombissant ; mais, à cet instant, il se sentait encore trop secoué pour y prêter attention. Il jeta un regard à l'endroit du pont où le boucher était tombé : il n'y avait plus de boucher, plus de sang, juste un peu de sable jaune.

— Je suppose que le pauvre bougre est mort ? dit-il dans un murmure.

— En effet, aussi mort qu'on peut l'être. Je ne m'explique pas pourquoi, mais je prie Dieu pour qu'il n'y ait pas d'autres cas de ce genre. Il est possible que ce soit là l'effet de la chaleur, ou d'un poison quelconque qui se serait mêlé à notre eau. Je ferais bien d'aller immédiatement en référer au directeur de la santé publique et de m'arranger pour que l'on fasse analyser l'eau.

Francis Hatt arrêta l'automobile devant chez lui et demanda à Ebin d'entrer dans la maison et de l'y attendre. Il ignorait combien de temps cela lui prendrait.

— Demandez à ma gouvernante de vous servir un café ; et la pharmacienne est là, elle veillera sur vous.

Ebin but un café avec la pharmacienne. C'était une gentille fille, quoique ennuyeuse et indigeste comme une pièce de porc manquant de cuisson. Il ne lui parla pas de la fin abominable du boucher, bien qu'il ne pût penser à rien d'autre. Les mots ne sortaient pas ; il pouvait presque les sentir coincés dans sa poitrine, telle une grosse masse compacte. Quand la jeune femme fut retournée à ses obligations, il se mit à aller et venir nerveusement dans le grand salon, jusqu'à ce qu'il remarque une machine à écrire et un tas de feuilles de papier sur une table en marqueterie. L'objet n'avait rien à faire là : une machine à écrire sur une table sophistiquée était un signe patent de l'absence de Mme Hatt. Les magazines soigneusement disposés avaient disparu de leur table habituelle, ainsi que les vases de fleurs ; même les livres sur les étagères étaient différents. C'était la première fois qu'Ebin se rendait compte que Mme Hatt ne reviendrait jamais, que sa personne aimable et affairée n'apparaîtrait plus dans le décor de chintz de son salon.

Il essaya de concentrer ses pensées sur l'épouse du médecin, mais, en réalité, il ne parvenait pas à les détacher du boucher. Il s'assit à la table et étudia la machine à écrire. Elle était plus moderne que la sienne et réagissait facilement au toucher. Il lut les mots qu'il venait de taper : « La gorge du boucher ressemblait à un sourire quand il en eut terminé. »

Il jura, arracha le papier du rouleau et s'apprêtait à le jeter à la corbeille, quand, suspendant son geste, il regarda la feuille de papier comme si c'était la première fois qu'il en voyait une.

Lentement, il la déchira en petits morceaux, puis glissa une feuille blanche dans la machine et se remit à taper avec frénésie.

La pharmacienne réapparut, se demandant qui pouvait bien marteler ainsi les touches de la machine du médecin ; mais Ebin ne remarqua même pas sa présence, et elle ressortit aussitôt. La vieille gouvernante vint lui demander s'il resterait déjeuner, mais ne reçut aucune réponse. Il continua à taper furieusement, faisant tinter la petite sonnerie de la machine comme une voiture de pompiers miniature.

Moins d'une heure plus tard, il avait terminé. Il épingla les feuilles ensemble sans les relire, les plia et les glissa dans sa poche de poitrine. Après quoi, il gagna la salle à manger du docteur Hatt et se servit deux verres de sherry, coup sur coup. Fortifié par l'alcool, il retourna dans le grand salon et passa un appel téléphonique à Londres. La communication fut longue, et il venait juste de remettre le récepteur en place quand Hatt réapparut. Le médecin trouva son ami plutôt exalté, mais il le mit sur le compte du sherry qu'il avait manifestement bu en son absence.

IX

Le lendemain, les villageois abonnés au *Daily Courier* furent surpris d'y trouver un article intitulé « Le village dément », offrant une description macabre des dernières minutes du boucher et un récit, un rien moins macabre, de la fin du meunier. L'article s'achevait ainsi : « Les habitants de ce village reculé ne cessent de se demander : "Qui sera la prochaine victime de cette démence fatale ?" »

Cet article souleva un vent de panique dans tout le village. Un autre cas de démence venait de se déclarer. La nouvelle victime était l'homme qui avait soutenu Ebin Willoweed sur le pont – celui qui s'était plaint d'avoir fait des cauchemars. Il hurlait dans son lit, ses deux frères ayant dû l'immobiliser de force. Ces derniers avaient tenté de lui administrer toutes sortes de remèdes, mais leur effet était de courte durée, et bientôt il se redressait d'un coup et se remettait à hurler que des monstres essayaient de le dévorer et qu'il n'était qu'un misérable pécheur.

Des badauds s'étaient massés devant sa chaumière de Broom Road. Ils se disaient que ces cris-là avaient de quoi vous glacer le sang, mais ne se demandaient pas « Qui sera la prochaine victime ? », parce qu'ils avaient déjà décidé que ce serait Ebin Willoweed. « Ce doit être contagieux », murmuraient-ils, s'écartant un peu de la maison. Des avis à la population, affichés bien en vue, stipulaient : *Évitez absolument de boire toute eau qui n'aurait pas été bouillie au préalable.*

« On veut nous faire croire que ce mal vient de l'eau, alors que nous savons tous que ce sont les microbes qui en sont responsables », murmurait-on encore.

Ce soir-là, des envoyés de deux journaux apparurent et se mirent à poser des questions à tout le monde, et plus généralement à fourrer leur nez partout. Ils étaient descendus à l'auberge du Lion Blanc.

Francis Hatt et le directeur de la santé publique furent outrés lorsqu'ils découvrirent l'article du *Daily Courier.* Francis soupçonna Ebin Willoweed d'en être l'auteur à l'instant où il eut terminé de le lire. Il ne pouvait avoir été écrit que par un témoin oculaire, et il se souvenait que c'était du *Daily Courier* qu'Ebin avait été renvoyé, lorsqu'il était revenu vivre chez sa mère, des années auparavant. La veille, pendant le déjeuner, son ami avait fait une vague allusion à l'appel téléphonique qu'il venait de passer, lui tendant à contrecœur une demi-couronne, que le médecin regrettait désormais d'avoir refusée. Il n'avait pas encore eu la possibilité de dire à Ebin ce qu'il pensait de son comportement honteux ; s'occuper du pauvre homme dément de Broom Road lui prenait un temps considérable, et il avait plusieurs autres patients à voir – la plupart souffrant du même mal infernal –, en sus de ses fréquents entretiens avec le directeur de la santé publique. Ils avaient décidé d'engager un assistant à titre temporaire ; un jeune médecin de Londres qui s'était spécialisé dans les affections cérébrales était en route pour le village.

— Toutefois, je ne serais pas surpris que tout soit terminé avant son arrivée, observa le directeur de la santé publique.

L'assistant, un certain Philip Andrew, se présenta dès le lendemain ; entre-temps, deux nouveaux cas de démence s'étaient déclarés, chez deux enfants sans lien de parenté. Leur maladie s'était d'abord manifestée par des maux d'estomac, puis, alors qu'ils paraissaient presque guéris, l'affection avait touché leur cerveau. Ils gémissaient et criaient, hurlaient que de terribles monstres les poursuivaient, et s'accrochaient à leurs parents épouvantés. De violentes douleurs d'estomac pliaient leurs pauvres petits corps en deux, provoquant de fréquents vomissements. L'homme de Broom Road, pour sa part, semblait se remettre, bien qu'il fût très affaibli, eût du mal à s'alimenter, et souffrît toujours d'hallucinations et d'insomnies.

Une double investigation fut menée afin de déterminer les causes de la mort du meunier et du boucher. Les débats se tinrent dans la salle des fêtes et Ebin fut interrogé en qualité de principal témoin. Beaucoup remarquèrent que, lorsqu'il ne témoignait pas, il griffonnait sur un petit bloc-notes posé sur ses genoux. Les autres journalistes aussi griffonnaient. Et les médecins leur adressaient des regards chargés de reproches, fâchés de la publicité indésirable qu'ils attiraient sur le village et de la panique qu'ils causaient. Quand l'investigation fut terminée, Francis Hatt demanda à son vieil ami la raison de son comportement et lui expliqua le mal qu'il avait causé. Il conclut : « Ne voyez-vous pas que le village est sur le point de sombrer dans l'hystérie collective ? » et regretta aussitôt ses paroles, craignant qu'elles ne soient griffonnées sur le bloc-notes. Ebin, l'air déconcerté et blessé, répondit qu'il n'avait pas eu le choix : il n'avait pas pu s'empêcher d'écrire le premier article, qui avait jailli sur la page comme s'il s'écrivait tout seul ; et après coup il avait pensé que ce serait une pitié de le jeter. Le *Courier* l'avait vraiment beaucoup aimé et voulait recevoir tout ce qu'il pourrait écrire sur l'épidémie.

— Francis, vous n'imaginez pas le bien que cela me fait de gagner un peu d'argent, après toutes ces années. De recommencer à travailler. Je ne cesse de toucher du bois pour que cela ne s'arrête pas : et du bois brut seulement, sans peinture. Le bout de mon crayon fait parfaitement l'affaire. Je n'en ai pas encore parlé à ma mère, parce qu'elle trouverait un moyen d'y mettre un terme ; elle aime m'avoir sous sa coupe, voyez-vous. Je suis désolé que cela fasse paniquer les gens du village, Francis, mais la rumeur aurait fini par se répandre ; cette investigation était vouée à attirer l'attention, au reste !

Le médecin dut en convenir ; il gratifia soudain Ebin d'un de ses sourires éblouissants, et ils quittèrent la salle des fêtes ensemble.

Grand-mère Willoweed était assise au petit salon, en train de manger du miel en rayon au-dessus d'une coupe posée sur ses genoux. Passant la langue sur le cadre en bois, elle se prit à regretter amèrement le jour où elle avait annoncé qu'elle ne foulerait jamais plus un sol dont elle ne serait pas propriétaire. À l'époque, déjà, elle s'était demandé si elle ne commettait pas une erreur ; mais il y avait quelque chose de noble dans ce vœu, et il lui paraissait alors fort peu probable que le désir lui vienne de retourner un jour au village. Elle disposait d'une vue excellente sur la grand-rue depuis la fenêtre aux carreaux colorés du vestiaire. Elle y passait des demi-heures bien amusantes, entourée des surchaussures et des vieilles bottes en caoutchouc.

Cependant, elle était malheureuse à cet instant. En premier lieu, parce que du miel s'était glissé dans les replis de son menton et qu'elle se sentait affreusement poisseuse ; ensuite, parce qu'elle était contrariée par l'attitude d'Ebin depuis la tragédie du boucher. Il ne lui en avait presque rien dit. De fait, il ne lui avait pratiquement pas adressé la parole depuis plusieurs jours, et devenait étrangement reclus, assis dans sa chambre à dactylographier sans discontinuer. Et voilà qu'on lui demandait d'assister à l'investigation. En parlerait-il seulement à sa mère, à son retour ? se demanda-t-elle. Il devenait indubitablement suffisant et incontrôlable. La vieille dame détacha un peu de cire d'abeille de ses dents tout en réfléchissant au moyen de remettre son fils à sa place, et, ayant décidé d'envoyer les bonnes effectuer le ménage de printemps dans sa chambre, s'éclaira un brin. Il lui serait impossible de se replier dans sa tour d'ivoire, dans ces conditions. Elle rit sous cape et se sentit bien plus heureuse. Mais comme elle regrettait de n'avoir pas la liberté de se promener dans le village, d'entendre les hurlements qui s'élevaient des fenêtres des chaumières, voire d'aider à soigner l'un des infortunés malades. Elle aurait tant aimé observer quelqu'un s'imaginant être pourchassé par des monstres. Jusqu'ici, le mal n'avait frappé que cinq personnes, mais il y en aurait d'autres ; elle avait bon espoir que cela continuerait. L'une de ses bonnes pourrait tomber malade, ou le Vieil Ives. La pensée du Vieil Ives dévoré par des monstres imaginaires l'égaya considérablement. Elle se mit à trotter en direction de la resserre en espérant l'y découvrir tout défait, mais le trouva en pleine forme, en train de trier des graines qu'il avait mises à sécher. Elle n'apprécia guère le regard qu'il lui coula alors, et la manière dont il lui demanda comment elle se portait.

Norah était en congé, cet après-midi-là, de sorte qu'elle avait passé sa nouvelle robe d'un bleu chatoyant pour aller rendre visite à la mère de Fig, sachant que si celui-ci finissait son travail à temps, il pourrait la reconduire à la maison. Il ne se montrerait pas très expansif, se contenterait d'une remarque sur les récoltes lorsqu'ils les apercevraient en traversant les champs ; mais il lui prendrait le bras, et cela la comblerait de fierté et de bonheur. Il était de notoriété publique, au village, qu'ils se fréquentaient. C'était l'un des principaux sujets de conversation, avec l'automobile jaune du médecin, auparavant ; à présent, on ne s'intéressait plus qu'au fléau qui les frappait. Norah passait devant la salle des fêtes quand les personnes qui avaient assisté à l'investigation se déversèrent dans la rue. Puis elle emprunta le pont et longea l'endroit où le pauvre boucher s'était suicidé, marqué par le sable, toujours imbibé de sang. Quand elle atteignit la chaumière, Mme Fig, qui se trouvait être la thanatopractrice du village, ne parlait que de cela.

— Remarquez, je suis sensible à un beau corps, comme tout un chacun ; mais c'est différent quand il s'agit d'un suicide, a fortiori par égorgement ! babillait-elle de sa petite voix sinistre.

Et Norah se dit alors que, même si Fig la raccompagnait chez elle après, son après-midi était gâché.

À Willoweed House, Eunice se réjouissait de ne pas avoir Norah sur les bras ; de pouvoir s'allonger sur leur lit, malade, et s'apitoyer sur son propre sort. Elle avait eu une forte nausée en faisant sa toilette, ce matin-là – avant que Norah ne descende, par chance – et elle pensait savoir ce qui la mettait dans cet état. Il y avait eu ce fameux après-midi, dans les champs, à l'époque des foins, et cet autre, dans un verger, quand les pommiers étaient en fleur. Depuis, de petits fruits s'étaient formés sur leurs branches.

— Et je devine ce qui s'est formé en moi, sanglota la misérable. Un bébé, aussi sûr que le destin existe.

Et il lui semblait que ses seins avaient commencé à grossir. Elle posa une main sur son ventre, mais il était toujours plat. Légèrement rassérénée, elle murmura :

— Je vous en prie, mon Dieu, ne me laissez pas avoir un bébé, même si je le mériterais, faites que cela n'arrive pas.

Elle se remémora sa mère, dans son cercueil, un bébé au teint cireux couché contre elle. Norah avait pleuré et s'était lamentée sur la « pauvre petite chose » ; Eunice, elle, l'avait haï, parce que c'était lui qui avait tué sa mère. Avoir un bébé la tuerait peut-être, elle aussi.

« Je suis si jeune, je ne veux pas mourir déjà. Oh, pourquoi est-il si difficile de bien se tenir quand on est jeune ? » déplora-t-elle.

Elle quitta le lit et s'assit sur le rebord de la fenêtre. Apercevant la rue du village à travers les sapins, elle songea au nombre de fois où elle s'était postée en sentinelle à cette fenêtre à seule fin d'apercevoir le haut du chapeau de Joe, quand il passait, tenant les guides de sa charrette à foin. Parfois, le dimanche, elle le voyait pousser sa femme malade dans un fauteuil roulant d'emprunt en rotin. Elle devinait sa gêne à sa manière de s'exécuter, d'une seule main, faisant mine de rire et de plaisanter avec son épouse. Néanmoins, c'était aimable de sa part de la sortir ainsi – Joe était un homme aimable. Cependant, sa gentillesse ne lui serait d'aucune utilité dans sa situation.

Emma avait emmené les enfants à la rivière, où ils pêchaient avec les larves d'un nid de guêpes qu'Ives leur avait donné. Dans le même temps, ils piochaient des cerises dans un panier et crachaient les noyaux dans l'eau afin de les regarder flotter et disparaître au loin. « Les cerises sont peut-être contaminées, se dit Emma. Seulement, ils ne les apprécieraient pas autant si elles avaient été bouillies au préalable. » Depuis qu'elle avait appris que deux enfants du village souffraient de démence, Emma était tenaillée par la crainte que Dennis et Hattie n'en soient atteints à leur tour. Plus particulièrement Dennis, qui lui était si cher et dépendait tant d'elle. Bien qu'étant leur benjamine, Hattie était une enfant si indépendante et si gaie qu'Emma ne nourrissait pas les mêmes sentiments à son égard ; d'autant qu'elle était la favorite de leur père, qu'Emma haïssait presque. Quant à sa grand-mère, elle lui répugnait autant qu'elle la terrifiait. La seule personne qu'elle pouvait chérir était Dennis – en dehors de ses vagues soupirants imaginaires.

Ce soir-là, l'épouse du boulanger se mit à courir dans la grand-rue dans une chemise de nuit rose froissée. À courir et à hurler.

X

Le boulanger et le vieux Toby poursuivirent la femme démente dans la rue ; mais le boulanger était de petite taille et Toby âgé, de sorte qu'elle courait, jurait et hurlait loin devant eux. Elle s'était comportée de manière étrange toute la journée, se plaignant de douleurs d'estomac, puis s'enivrant, marmonnant entre ses dents et vomissant. Finalement, son mari avait réussi à la convaincre de se coucher et, la trouvant un peu plus calme, l'homme inquiet était retourné confectionner ses pains de viande et seigle pour les funérailles qui devaient avoir lieu le lendemain. Tout près de son patron, Toby admirait une énorme tourte qu'il badigeonnait de jaune d'œuf quand les hurlements s'élevèrent. Les deux hommes échangèrent des regards surpris et arrivèrent dans la boutique juste à temps pour voir une silhouette en chemise de nuit rose se ruer dehors par la porte ouverte. Le boulanger parvint à saisir sa femme, mais elle le repoussa violemment en hurlant : « Tu es le démon – fichu démon ! » et se dégagea, abandonnant un bout de chemise de nuit dans la main de son époux. Toby aida son patron à se relever de terre et ils se lancèrent à la poursuite de la femme hurlante, qui filait dans la grand-rue, tantôt bondissante, tantôt titubante, comme si elle était traversée de secousses électriques. Des gens poussèrent des cris effrayés et coururent s'enfermer chez eux. D'autres passèrent la tête à leurs fenêtres ; des enfants se mirent à pleurer. Mais personne ne tenta d'aider le boulanger. Quand son épouse atteignit le pont, elle s'immobilisa un instant devant l'auberge du Lion Blanc, où, la veille encore, elle buvait et riait en compagnie des journalistes. L'un d'eux se tenait près des portes battantes du bar ; il jeta un regard effaré à la silhouette sauvage et débraillée, et fila aussitôt s'enfermer dans les toilettes. Chancelante, elle posa les mains sur son ventre et fut secouée de haut-le-cœur. C'est alors qu'elle remarqua son mari et Toby qui arrivaient en courant ; d'une voix rauque terrifiante, elle hurla : « Fichez-moi la paix, démons ! Oh, fichez-moi la paix ! »

Puis elle s'élança dans la direction de Willoweed House. Arrivée aux énormes grilles vertes à l'arrière de la demeure, elle s'y agrippa, tel un animal enragé, et lorsqu'elles s'ouvrirent brusquement, elle pénétra dans la cour en trébuchant.

Le chat blanc, qui jouait avec une feuille depuis un moment, détala aussitôt et escalada le tronc d'un hêtre. Le boulanger arrivait dans la cour quand l'animal s'élança sur une branche, manqua son objectif et chuta. Il atterrit sur l'infortunée brailleuse et sortit ses griffes pour s'accrocher à ses épaules dénudées. Une expression d'horreur démente se peignit sur le visage de la femme, puis sa mâchoire se crispa et elle bascula à terre, secouée de convulsions, sur le chat. Près des grilles, le mari, suivi du vieil homme défiguré, regarda ses longues jambes blanches gigoter ; puis elle s'immobilisa. Le boulanger, hébété, avança d'un pas chancelant pour la secourir, mais ne put guère qu'envoyer Toby chercher le médecin. Il ôta son tablier pour en faire une sorte d'oreiller qu'il glissa sous la tête de la pauvre créature, tira sur la chemise de nuit entortillée pour tenter de couvrir ses jambes immobiles, et essuya délicatement l'écume qui coulait de ses lèvres avec son mouchoir couvert de farine. Alors qu'il jetait un regard plein d'espoir en direction des fenêtres de la grande demeure, se demandant si quelqu'un daignerait lui porter assistance, Norah arriva de la cuisine en pleurant.

— Oh, monsieur Emblyn, je reviens vous aider dans un instant. Seulement, ma sœur s'est évanouie sous l'effet du choc : elle a tout vu de la fenêtre. Oh, mon Dieu !

Sur ce, elle fila en vitesse pour aller s'occuper de sa sœur, qui gisait inconsciente sur les dalles de la cuisine. Des bottines martelèrent aussitôt le sol et Grand-mère Willoweed apparut dans la cour.

— Dieu du ciel ! Qu'y a-t-il encore ? Cette femme est-elle ivre ?

Le boulanger accablé de chagrin tenta de lui faire le récit des événements, tâche qui se révéla d'autant plus ardue que la vieille dame ne cessait de l'interrompre et que le cornet acoustique le gênait beaucoup. Il conclut ses explications confuses d'un :

— Oh, m'dame, si je pouvais avoir une couverture pour ma pauvre épouse, elle est si singulièrement froide.

— Morte, plus probablement ! rétorqua la vieille dame, agitant son cornet. Il vous faut néanmoins une couverture pour couvrir ces jambes indécentes. Mon fils ferait aussi bien de vous aider à la porter dans la maison.

Elle jeta un coup d'œil aux jambes magnifiques et bien galbées avec une profonde désapprobation et, sitôt que Norah réapparut à la porte de la cuisine, aboya :

— Va me chercher une couverture, et le maître – la couverture en premier ; prends celle de ton lit.

Ebin apparut avant la couverture et se figea, horrifié par la vision du corps magnifique et du visage vulgaire de son ancienne maîtresse. Il fut envahi de pitié et de dégoût.

« Comment ai-je seulement pu la toucher ? » pensa-t-il.

Cependant, il aida son époux à la porter à la cuisine avec la plus grande délicatesse. Lorsqu'ils la soulevèrent du sol, le chat écrasé apparut, tout ensanglanté.

— Cette femme a tué mon chat, s'indigna la vieille dame, examinant le petit corps en piteux état.

Elle nota avec intérêt que l'un de ses yeux avait été expulsé de son orbite alors que l'autre était presque intact.

— Tout à fait remarquable ! déclara-t-elle en entrant dans la maison d'un pas décidé.

La femme du boulanger gisait sur la table de la cuisine, sans vie. Elle ne se pavanerait plus au village avec des chemisiers transparents, ne se prélasserait plus à l'ombre des saules pleureurs, au bord de la rivière, les après-midi d'été. Le docteur Hatt apparut et prit les dispositions nécessaires pour qu'on emmène le corps à l'hôpital afin d'effectuer l'examen post mortem ; puis il n'y eut plus qu'à attendre l'arrivée de l'ambulance. Les rideaux rouges de la cuisine avaient été tirés et le corps recouvert d'un drap – que Grand-mère Willoweed soulevait de temps à autre pour jeter un coup d'œil au visage de la défunte.

— Savais-tu qu'elle se teignait les cheveux, Norah ? demanda-t-elle à la bonne terrifiée, qui déplumait un poulet les mains tremblantes.

Veillant à tourner le dos à la table, la jeune fille enviait sa sœur, en sécurité dans leur chambre sur les ordres du médecin – mais pourquoi avait-il demandé à Eunice de passer à son cabinet le lendemain, afin qu'il puisse l'examiner ?

— Et faites-vous accompagner de votre sœur, avait-il précisé.

Pensait-il qu'Eunice était atteinte de démence ? Tout de même, la vue d'une femme en plein accès de folie avait de quoi vous faire perdre connaissance. Il lui avait donné un remède pour dormir ; mais peut-être était-ce un moyen de contenir la folie ? N'y tenant plus, Norah posa le poulet à moitié plumé et monta en douce pour observer sa sœur endormie. Elle lui toucha le front. Il était frais. Elle était si jolie et semblait si paisible dans son sommeil. Rassurée, elle redescendit à la cuisine. Grand-mère Willoweed rôdait toujours autour de la morte.

— Quelle sotte tu fais. Abandonner un poulet ainsi : le chat aurait pu l'attraper, grommela cette dernière.

— Il n'y a plus de chat, répondit Norah, tristement.

Elle aimait beaucoup ce minou blanc.

— Non, il n'y en a plus, convint la vieille dame, l'air pensif. Il faudra que le boulanger allège un peu ma facture. Ce chat était assez précieux, et c'est sa femme qui l'a tué. Il faudra que je lui en parle quand il viendra la récupérer.

XI

Norah et Eunice étaient assises dans la salle d'attente du docteur Hatt. Elles portaient leurs gants de coton blanc et se sentaient tout empruntées. Tandis qu'Eunice fixait la fenêtre d'un regard absent sans mot dire, Norah discutait avec une grosse dame affligée de flatulences et un jeune garçon non accompagné souffrant des oreillons. Quelqu'un avait abandonné un exemplaire du *Daily Courier* sur la table. En première page, un gros titre déclarait : « La femme du boulanger victime d'un accès de folie furieuse ». Norah détourna les yeux, mais sa voisine attrapa le journal et lut quelques passages de l'article à voix haute.

— Il est écrit ici qu'elle faisait peine à voir. Je veux bien le croire. Son mari est un homme très respecté au village. Mais on ne peut pas en dire autant d'elle, alors à mon avis, c'est tant mieux pour lui…

La femme continuant sur le même mode, Norah essaya de fixer son attention sur le jeune garçon. La folie par-ci, la folie par-là : on ne pouvait plus y échapper. Elle observa Eunice, mais ne décela aucun signe de démence chez elle, en dépit de son étrange mutisme et de son humeur sombre des derniers jours.

— Oh, les cloches des funérailles ! s'exclama la femme. J'aurais tant aimé assister à cet enterrement, quel dommage que ces vents m'en empêchent.

Et elle écouta le triste roulement du glas, comme en extase.

Le docteur Hatt apparut à la porte de son cabinet et déclara :

— Je peux vous examiner à présent, Eunice.

Il sourit gentiment aux deux sœurs. Elles entrèrent dans la pièce à l'odeur d'éther et restèrent debout côte à côte.

— Bien, Eunice, reprit-il. Je dois procéder à un examen approfondi. Vous allez devoir ôter vos vêtements derrière le paravent, après quoi j'aimerais que vous vous allongiez sur le divan d'examen.

Elles regardèrent toutes deux le divan satiné de couleur noire, recouvert d'une bande de protection blanche. Vingt minutes plus tard, elles remontaient la grand-rue, les oreilles pleines du roulement du glas qui s'était pourtant tu depuis un moment. Eunice se tenait au bras de sa sœur, mais aucune d'elles ne disait mot.

Elles regagnèrent l'intimité de leur chambre en silence, et c'est alors, seulement, qu'Eunice s'assit sur leur lit et sanglota.

— Oh, Norah, que vais-je bien pouvoir faire, c'est… l'enfant de Joe Lott, et il ne pourra pas m'épouser. Ne sois pas fâchée contre moi, Norah.

Elle se prit la tête entre les mains et de grosses larmes roulèrent sur ses joues roses. Norah réfléchit à ce qu'elle pourrait lui dire ou lui conseiller, et finit par déclarer :

— C'est ma faute. J'aurais dû faire plus attention à toi. J'étais si heureuse de me promener dans les champs au bras de Fig. Je pense vraiment qu'il était sur le point de se décider à me demander en mariage. Mais c'est impossible à présent, ce serait trop déshonorant pour lui, évidemment.

Et Eunice pleura de plus belle, sachant qu'elle avait anéanti les perspectives de mariage de sa sœur. Norah la réconforta et elles essayèrent de planifier leur avenir.

— Il faut que je voie Joe une dernière fois pour lui dire dans quelle situation je me trouve. J'y ai fait allusion lors de notre dernière rencontre, mais il a ri, et il a dit que ça n'était pas possible. Joe rit tout le temps, c'est ce qui m'a plu chez lui, au début ; mais je n'aimerais pas qu'il rie en apprenant pour le bébé, seulement qu'il se montre gentil.

Elles restèrent assises dans les bras l'une de l'autre jusqu'à ce que la voix cassante de leur maîtresse arrive par l'escalier de service :

— Descendez tout de suite, vous deux. N'avez-vous pas vu qu'il était quatre heures passées ?

Ebin Willoweed, qui venait de livrer son compte rendu des funérailles au *Courier* par téléphone du bureau de poste, reprenait le chemin de la maison, riant sous cape en songeant à sa mère, qui dévorait ses articles, chaque matin après le petit-déjeuner, et lui en lisait même des passages à voix haute, à des lieues de se douter que son propre fils en était l'auteur. Il se sentit coupable en songeant aux souffrances atroces et à la terreur omniprésentes autour de lui, auxquelles il devait son bonheur et sa soudaine prospérité. Puis, il songea au corps sans vie et au visage ravagé de sa pauvre maîtresse, gisant au cimetière.

— Je ne dois pas y penser, marmonna-t-il dans sa barbe. Ils ont eu leurs moments de bonheur et cela fait des années que je suis malheureux. C'est mon tour, maintenant. Peut-être serai-je la prochaine victime de cette folie furieuse, alors autant profiter du temps qu'il me reste. Bon sang, je suis sûrement déjà fou, voilà que je parle tout seul.

Il finit de traverser le village d'un pas résolu afin de se prouver le contraire.

La famille était réunie autour du thé quand sa mère s'en prit soudain à lui au sujet de l'éducation des enfants, exigeant de savoir pourquoi les leçons s'étaient arrêtées du jour au lendemain. Il s'y était attendu ; il avait même préparé cette conversation en pensée. À sa grande surprise, l'échange se déroula comme il l'espérait, de sorte qu'il put abattre sa carte maîtresse et déclarer qu'il était temps que Dennis aille à l'école, et qu'il était en mesure de payer les frais de scolarité.

— En fait, je songe à l'envoyer dans la marine, plus tard.

— Comme soutier sans doute, rétorqua sa mère. De toute façon ce ne sont que des sornettes. Tu es à peine plus qu'un mendiant qui dépend de ma charité, et si tu t'attends à ce qu'un éditeur achète l'un de tes romans de pacotille, alors tu es encore plus fou que je ne le pensais.

— Allons, mère, calmez-vous, répondit-il d'une voix douce teintée de sarcasme. Mes affaires vont plutôt bien ces derniers temps. Je crois que le chèque que j'ai déposé à la banque hier s'élevait à quatre-vingts livres ; et je devrais recevoir une autre somme rondelette d'ici quelques jours. Vous pouvez assurément compter sur moi pour payer la scolarité de Dennis, mère.

— Je n'en crois rien. Tu mens. Personne ne paierait pour publier les bêtises que tu écris.

Mais, tout en prononçant ces paroles, elle se souvint que le bruit de la machine à écrire – restée si longtemps muette – avait résonné dans le pavillon de son cornet acoustique alors qu'elle passait devant l'escalier.

— Si ce que tu dis est vrai, tu peux payer… pour ton entretien et celui de tes enfants… tous les trois, bégaya la vieille dame.

— Eh bien, si telle est votre position, mère, je pense que je retournerai vivre à Londres. Je serai plus près de mon travail ainsi, ce sera certainement moins onéreux.

Se levant pour quitter la table, il lui jeta un regard à la dérobée : elle était presque écarlate et semblait avoir des soucis avec son dentier. Hattie se mit à rire, mais, remarquant la mine grondeuse d'Emma, se couvrit aussitôt le visage des deux mains, espérant que sa grand-mère la croirait en larmes. L'aïeule se rua hors de la pièce pour remettre son dentier en place dans le garde-manger ; à son retour, elle trouva la salle à manger vide. Elle y demeura un instant, à fixer les restes du thé et les chaises repoussées en vitesse. La mâchoire tremblante, elle se mit à pianoter sur la table de ses petits doigts boudinés ; puis elle se détourna et monta lentement l'escalier pour gagner sa chambre.

Ebin était aux anges. Il n'avait pas eu le dessus sur sa mère depuis des années, aussi avait-il poussé sa famille hors de la pièce avant qu'elle ne revienne pour lui gâcher sa victoire. Il proposa aux enfants de les emmener faire une promenade jusqu'à la maison de l'avare – une petite chaumière brûlée, à peine plus grande qu'une hutte, abandonnée dans un champ. Un jour, d'humeur inventive, il leur avait raconté qu'elle appartenait à une vieille pingre, et que l'or qu'elle avait dissimulé à l'intérieur n'avait jamais été découvert, bien que les gens aient presque réduit la maison en ruine dans leur quête, après la mort de sa propriétaire. Hattie et Dennis, qui ne croyaient qu'à moitié à l'histoire, aimaient creuser sous les dalles et dans les murs calcinés à la recherche d'or ou d'un trésor quelconque. Étrangement – sans doute parce que c'était leur père qui leur avait parlé de la vieille pingre –, ils mettaient un point d'honneur à ne jamais se rendre à la chaumière de l'avare sans lui ; il pouvait s'écouler plusieurs mois entre deux visites, et à leur retour, ils trouvaient l'endroit dans un état plus délabré encore. Cette fois, ils s'étaient armés d'un tire-bouchon et d'une longue lime à ongles dotée d'un manche en os avec lesquels ils s'attaquèrent à la cheminée de l'avare. Après avoir passé une demi-heure à gratter et retirer le mortier, ils réussirent enfin à desceller une brique. Et ils auraient volontiers consacré la soirée à démolir le reste de la cheminée.

Ebin les observa un moment, amusé, puis se dit : « Je me moque de ce que racontent les gens, je suis un bon gars, vraiment. Peu d'hommes dans ma situation consacreraient leurs premiers gains à l'éducation de leur fils ; en outre, j'ai amené mes enfants ici, dans ce minuscule taudis en ruine, à seule fin de les distraire. Emma s'y opposait – par jalousie, je suppose. Et elle ne voulait pas qu'ils traversent le village et risquent d'attraper cette maladie qui circule. Mais ce n'est pas bon de les dorloter ainsi, cela fait de Dennis une femmelette. Et puis, Francis Hatt ne semble pas croire que cette chose soit contagieuse. Ils n'ont rien trouvé dans l'eau, pour l'instant ;

je crois qu'ils analysent le pain, maintenant. Je pourrais peut-être écrire un article là-dessus. » Ses pensées vagabondant de la sorte, il s'adossa contre un mur noirci, et fouilla le sol de son bâton. De jeunes ajoncs pointaient entre les dalles. « Il y a quelques semaines, je n'aurais pas remarqué la beauté de ces jeunes ajoncs qui poussent au cœur de cette désolation. Ce doit être le bonheur qui me permet de voir les choses d'un œil neuf, ces derniers temps. » Il sortit et admira la vallée, puis les vaches qui revenaient de la traite, de leur pas gracieux, tournant la tête d'un côté puis de l'autre. « Si seulement les femmes pouvaient déambuler de la sorte au lieu de se pavaner en claquant les talons, elles seraient bigrement plus agréables à regarder », songea-t-il.

L'impatience le saisit et, soudain lassé de la chaumière et des enfants, il eut envie d'être assis à l'auberge du Lion Blanc et de discuter avec les journalistes qui y étaient descendus.

Hattie et Dennis, extrêmement crasseux et plutôt fatigués, n'avaient aucune envie d'être bousculés pour rentrer plus vite. En outre, il leur fallut bientôt traverser le champ qui s'était rempli des vaches qu'Ebin avait tant admirées, et que, malheureusement, son fils craignait. Dès qu'il aperçut les énormes bêtes balançant leurs têtes cornues, il sut qu'il ne pourrait jamais s'en approcher. Même celles qui broutaient sagement battaient les mouches de leur queue de manière alarmante. Il s'arrêta près de la grille et, en dépit des cajoleries de Hattie et des jurons de son père, refusa de bouger. « Quel nigaud, elles ne te feront aucun mal. Si tu ne viens pas immédiatement, je t'abandonne ici et tu devras les affronter seul ! » Et c'est exactement ce qu'il advint. Ebin s'éloigna en dépit des suppliques des deux enfants, obligeant Hattie à l'accompagner ; ce qu'elle fit, la mine renfrognée, jetant des regards à la petite silhouette triste qui se tenait toujours près de la grille. Quand ils eurent disparu au loin, Dennis se rua dans la chaumière de l'avare, décidé à attendre que le fermier vienne récupérer les vaches problématiques pour la traite, le lendemain matin. La petite ruine, qui avait perdu son charme, apparut soudain au garçon dans toute sa désolation. Il s'assit sur un tas de briques et se mit à attendre le matin, qui semblait bien lointain. Peu avant la tombée de la nuit, d'énormes coléoptères volants entamèrent une danse débridée et effrayante autour d'une aubépine dont les fleurs étaient toutes brunes et sèches.

Lorsqu'ils furent devant le pont, Ebin demanda à Hattie de rentrer seule, afin qu'il puisse s'arrêter à l'auberge du Lion Blanc. Il se sentait abattu ; il ne restait pas grand-chose de la bonne opinion qu'il avait eue de lui-même un peu plus tôt. Il se prit à espérer que Dennis serait de retour à la maison avant lui, sinon il aurait de gros ennuis avec Emma. Il ne cessait de penser à la petite silhouette solitaire dans le crépuscule. Tout de même, un garçon de la campagne effrayé par des vaches, c'était par trop absurde !

« Je me sentirai mieux après un verre », se dit-il en entrant dans l'auberge d'un pas léger. Quand il ressortit, une demi-heure plus tard, il avait appris que onze nouveaux cas de l'étrange maladie s'étaient déclarés. Et que le chien de l'auberge du Lion Blanc était mort à la suite de convulsions.

XII

Lorsque Emma découvrit que Hattie était rentrée sans Dennis, c'est à la fillette qu'elle en voulut, plutôt injustement. Elle ne s'inquiéta cependant pas outre mesure, se disant que son père était sans nul doute retourné chercher Dennis après avoir envoyé Hattie à la maison. Mais, plus tard, quand elle entendit les grandes grilles se refermer, elle vit Ebin s'avancer seul dans le jardin humide bordé d'arbres.

— Où est Dennis ? le questionna-t-elle.

— Dennis ? Il n'est pas rentré ? s'étonna son père. J'ai entendu dire qu'il y avait onze nouveaux cas de démence, et que, curieusement, tous les malades ont assisté à l'enterrement ; alors c'est peut-être contagieux, en fin de compte.

— Bien sûr que c'est contagieux ! hurla presque Emma. Et vous avez fait traverser le village aux petits. Et abandonné Dennis dans un maudit champ. J'espère que ce sera vous, la prochaine victime de cette folie ; je l'espère de tout cœur !

Sur ce, elle le dépassa et se précipita dans la rue.

Emma traversa le village à la hâte. Il faisait nuit et les fenêtres des maisons étaient éclairées. Elle passa devant l'auberge d'où s'élevaient des rires, des voix, le cliquetis des boules de billard et une odeur de bière. Elle franchit le pont et pénétra dans le petit pré du défunt boucher, faisant sursauter les moutons rêveurs qui attendaient en vain d'être égorgés par l'homme qui s'était lui-même égorgé. Les foins du champ suivant avaient été coupés ; il était d'un vert intense et on y avait mis des chevaux à paître. Ponce Pilate – le vieux golden retriever qui tirait la charrette à deux roues du village – la suivit, rempli d'espoir, parce qu'elle lui donnait souvent des morceaux de sucre ; mais elle parcourut le champ en vitesse sans le remarquer. Elle passa devant la chaumière du vieux Toby, dont les dahlias étaient déjà très hauts, et demanda au vieil homme s'il n'avait pas vu Dennis. Ses yeux rougis et tristes se posèrent sur elle, rêveurs, puis il la reconnut.

— Non, mademoiselle Willoweed. Je n'ai pas vu le garçon. Puis-je vous aider à le trouver ?

Mais elle refusa son aide, effrayée par son visage balafré qu'elle n'avait jamais vu d'aussi près.

Elle gravissait la colline qui menait à la masure en ruine quand, approchant d'une chaumière dont toutes les fenêtres étaient éclairées, elle entendit les cris perçants d'un enfant et les sanglots d'une femme. Soudain, un garçon terrifié à la tignasse hirsute apparut à une fenêtre dont il se mit à gratter la croisée.

Un homme l'attrapa aussitôt et ils disparurent, mais les cris reprirent. Emma fixa la maison, horrifiée, essayant de trouver le courage de porter secours à l'enfant ; elle était toujours figée sur place quand un homme approcha de la fenêtre et vérifia qu'elle était bien fermée, tandis que les hurlements angoissés de l'enfant résonnaient à nouveau. L'homme de la fenêtre se détourna, et Emma reconnut le visage cadavérique du docteur Hatt. Alarmée, elle recula dans l'ombre : l'enfant paniqué était atteint de démence.

— Oh, je vous en prie, mon Dieu, faites que Dennis ne l'attrape pas, et aidez ce pauvre enfant, se prit-elle à prier, escaladant le chemin escarpé d'un pas incertain dans le crépuscule.

Il faisait presque nuit noire quand elle découvrit Dennis endormi sur les dalles fendues de la hutte. Il laissa échapper un gémissement angoissé en sentant une main sur son épaule, mais s'apaisa sitôt qu'il reconnut sa voix. En dépit de la douceur du soir, il semblait grelotter ; Emma lui fit dévaler la pente en courant, afin de ramener un peu de chaleur dans son corps. Ils traversèrent la prairie, mais il ne parut pas remarquer les vaches, dont la respiration tranquille et les occasionnels meuglements résonnaient dans l'obscurité. Quand ils arrivèrent devant la maison de l'enfant dément, tout était calme, et seule une fenêtre était éclairée. La lune s'élevait dans le ciel et l'air était envahi du délicieux parfum des nuits d'été. Bientôt, cependant, la tranquillité fut troublée par des éclats de voix et des grognements.

Un peu plus loin, ils découvrirent que la chaumière du vieux Toby était encerclée par des villageois. Ils produisaient un brouhaha furieux par-dessus lequel s'élevaient de grosses voix ordonnant à Toby de se montrer.

— Sors de chez toi, espèce de bâtard, montre-toi, assassin ! hurla quelqu'un. Sors ou nous mettrons le feu à ta maison.

Le fils du meunier saisit un râteau dans le jardin et se mit à tambouriner contre la porte en criant :

— C'est toi qui as tué mon père avec ton pain crasseux. Sors de là, espèce de vieux monstre répugnant !

Emma et Dennis demeurèrent à l'écart, mais les gens s'étaient rapprochés de la chaumière ; des fracas de verre brisé leur parvinrent alors qu'ils battaient les fenêtres avec des bâtons. Les énormes dahlias avaient été piétinés.

— Pauvre vieux Toby, qu'a-t-il bien pu faire ? demanda Emma à une femme qui se tenait près d'eux et semblait effrayée par la scène.

— Je ne sais certes pas, mademoiselle, répondit-elle, mais je les ai entendus dire que c'était lui qui avait empoisonné le pain, et que c'était la cause de la maladie qui nous frappe – la démence, comme ils l'appellent.

La femme fut avalée par l'obscurité, et Emma et Dennis se recroquevillèrent contre une haie. En plus des cris, on entendait des sons troublants qui évoquaient les grognements et reniflements d'un animal féroce, et on respirait l'odeur pestilentielle du mal, de la sueur et de la fureur. Un homme dont la chemise pendait sur son pantalon poussa Emma en s'élançant vers la maison, et à la lueur du clair de lune elle distingua son visage : il était terrifiant, avec ses lèvres molles retroussées et la bave qui coulait sur son menton. Il escalada le toit de chaume, s'attirant des acclamations suraiguës, et se mit à hurler et jurer dans le conduit de la cheminée. Plusieurs hommes portaient des lanternes qu'ils secouaient sauvagement au-dessus de leurs têtes, comme s'ils exécutaient un étrange ballet lumineux. Emma et Dennis reculèrent le long de la haie, et, bien qu'ils fussent poussés et bousculés, s'agrippèrent l'un à l'autre et ne furent pas séparés. Ils trébuchèrent sur deux silhouettes inattentives qui se tortillaient dans l'herbe en gémissant, et une femme à la bouche tout ensanglantée les écarta de son chemin pour s'enfuir, en braillant en direction du village. La voyant traverser la foule, jouant des coudes, Emma s'élança dans son sillage, entraînant Dennis à sa suite. Soudain, ils furent libérés : la foule et la terreur étaient derrière eux.

Alors qu'ils cheminaient dans la grand-rue, ils reconnurent le rugissement de l'automobile du docteur Hatt et, lorsqu'elle passa, remarquèrent que le médecin était accompagné d'un policier.

— Oh regarde, Emma, le vieux Toby sera bientôt en sécurité, dit Dennis d'une voix ensommeillée.

Elle jeta un coup d'œil par-dessus son épaule et, au moment où la voiture traversait le pont, vit que le ciel était tout illuminé et rougeoyant : ils avaient mis le feu à la chaumière de Toby. Elle poussa gentiment Dennis vers la maison, lui dit de rentrer en vitesse et de demander à Norah de lui préparer une boisson chaude, puis repartit en courant en direction du pont. Elle avait oublié sa terreur et sa fatigue, ne ressentait que le besoin impérieux de se dresser entre le malheureux vieillard et ses persécuteurs.

Lorsqu'elle arriva, le feu dévorait la maison. Du chaume incandescent qui s'était détaché du toit voletait, allumant des flammèches un peu partout ; la chaleur et la fumée étaient insupportables. La foule effrayée était redevenue docile ; la plupart des gens se repliaient pour partir, et certains hommes avaient couvert leur tête de leur manteau afin de ne pas être reconnus. Le policier avait réussi à en coincer quelques-uns qu'il interrogeait, mais personne ne semblait savoir si le vieux Toby était resté chez lui. Le docteur Hatt essaya d'ouvrir la porte d'entrée, en vain : même ravagée par les flammes, elle tenait bien sur ses gonds. La chaleur et la fumée étaient si intenses qu'il fut forcé de reculer.

— Le pauvre homme est-il encore à l'intérieur ? hurla-t-il à la foule.

Il ne reçut aucune réponse par-dessus le rugissement et les craquements de l'incendie. Une poignée d'hommes s'avancèrent avec réticence, leurs bâtons à la main, comme s'ils voulaient battre les flammes, et ne tardèrent pas à se replier, les yeux luisants et le visage écarlate.

Emma se précipita à l'arrière de la maison, relativement épargné. Il lui était venu à l'idée que le vieil homme avait peut-être réussi à sortir et qu'il se cachait dans son lieu d'aisances, au milieu des choux géants. C'est alors qu'elle poussa un hurlement – une affreuse note suraiguë et glaçante. Pensant que ce cri émanait du vieil homme en train de brûler vif dans sa maison, le docteur Hatt tenta désespérément d'y pénétrer par la minuscule fenêtre cassée ; mais elle était trop petite pour qu'il y parvienne.

Le hurlement hideux résonnait toujours et des silhouettes sombres, des flammes dansant sur leurs visages, se rapprochèrent autour d'Emma, immobile au milieu des choux flétris. Elle avait une main sur la bouche, comme pour étouffer son cri, et, de l'autre, désignait une masse rampante, par terre. Alors que les silhouettes s'avançaient encore, la chose s'immobilisa, et il devint évident qu'elle avait une forme humaine. Les ombres se penchèrent sur la masse immobile et furent saisies par l'odeur de chair brûlée nauséeuse qui s'élevait des vêtements encore en feu. Le rougeoiement vorace de l'incendie éclaira alors le corps calciné du vieux Toby, bien plus monstrueux qu'il ne l'avait été vivant, et, si le médecin s'approcha le visage empreint de compassion, la plupart des badauds reculèrent en titubant, au bord de l'évanouissement, et pour certains secoués de vomissements incontrôlables.

Quelqu'un entraîna gentiment Emma au loin et l'aida à s'asseoir sur une souche d'arbre, à l'écart du brasier. Elle resta là, suivant vaguement des yeux les insectes importunés par sa présence qui grouillaient sur l'écorce de la souche, et marmonnant encore et encore :

— L'odeur était si abominable, et il se tortillait par terre…

La dépouille du vieux Toby fut enveloppée de sacs – qui, un instant plus tôt, servaient à forcer la rhubarbe – afin que ses membres ne se détachent pas de son corps ; puis on la souleva délicatement pour la porter jusqu'à la banquette arrière de l'automobile du médecin. Quand le policier grimpa sur le siège passager et que le docteur Hatt se pencha devant le véhicule pour actionner la manivelle, plusieurs hommes bondirent pour leur offrir leur aide. C'est alors que, surgissant de nulle part, son bloc-notes à la main, Ebin Willoweed exigea qu'on lui raconte comment la chaumière de Toby avait pris feu. Le médecin l'écarta sans un mot, puis grimpa dans l'automobile vrombissante et s'éloigna. Au même moment, une charrette de pompiers apparut.

L'absence du policier et la présence des pompiers attirèrent de nouveau les curieux, et Ebin alla des uns aux autres pour tenter de recueillir un récit cohérent des événements de la soirée. Il s'exécutait toujours quand il manqua presque de trébucher sur Emma, encore assise sur sa souche à observer le parcours des insectes. Bien que surpris de la trouver là, il s'empressa de lui demander ce qu'elle avait vu.

— J'ai besoin de témoignages de première main, Emma.

— Il sentait terriblement mauvais, et il se tortillait par terre…, fut la seule réponse qu'il obtint.

Quand il eut à peu près réussi à recomposer l'histoire, il retourna chercher Emma, qui venait de s'apercevoir que la foule s'était dispersée et que le feu était quasiment maîtrisé. Elle se leva, hébétée, et réussit à suivre son père, qui traversa le champ éclairé par le clair de lune pour gagner la rivière, où il avait amarré une barque. Ils glissèrent en silence jusqu'à l'autre rive ; puis, attachant le bateau au ponton, Ebin déclara :

— Quel dommage que j'aie manqué l'essentiel.

« Je regrette tant d'y être retournée », songea Emma en marchant vers la maison d'un pas lourd.

Avant de gagner sa chambre, elle eut une pensée pour Dennis et alla vérifier qu'il était en sécurité dans son lit. Un rai de lumière filtrait sous sa porte. Elle entra et vit la chandelle qui se consumait sur la commode. Elle la leva au-dessus de l'enfant endormi et constata qu'il s'était couché sans faire sa toilette : ses mains et son visage étaient striés de noir. Elle sourit, puis ses yeux tombèrent sur un morceau de pain de seigle à moitié mangé, posé à côté d'un peu de beurre et d'un pot de confiture sur une chaise, près du lit. Se rappelant avoir entendu affirmer que le pain était considéré comme cause probable de l'empoisonnement, elle le jeta par la fenêtre ouverte. Elle remarqua la lueur, de l'autre côté de la rivière : les restes de la maison du vieux Toby brûlaient encore.

XIII

Ives arriva le lendemain matin, impatient de répandre les nouvelles et les rumeurs qui circulaient au village. Lorsque Grand-mère Willoweed entendit la vieille voix surexcitée qui montait de la cuisine, elle tira sur la corde de son énorme cloche et le convoqua sur-le-champ. Le vieil homme ne trouvait guère convenable d'entrer dans la chambre d'une dame, mais, impatient de raconter les nouvelles, il suivit Eunice assez docilement. Cependant, une fois entré, il fut submergé par une odeur si puissante de camphre, de menthe poivrée et de vieux vêtements qu'il ne parvint pas à reprendre son souffle ; et le silence embarrassant qui s'installa alors ne fit que renforcer le caractère dramatique de son annonce, lorsqu'il réussit enfin à parler.

— Ma foi, m'dame, voici ce qu'il s'est passé. Toby, qui travaillait à la boulangerie, a été réduit en cendres ; il est mort, et les vieilles dames de Roary Court ont perdu leur bouc, qui a succombé à de terribles convulsions, et l'une d'elles ne se trouve pas au mieux de sa forme, elle souffre de diarrhée et a les mains et les pieds qui tremblent comme des feuilles. Et ce n'est pas tout. Des policiers et plusieurs inconnus ont emporté toute la farine du boulanger, qui est dans un triste état ; on croirait qu'il a lui-même attrapé la démence. Aussi, m'dame, on ne cuira rien là-bas avant longtemps. Tout notre pain arrive désormais de Stratford par charrette. Oh, et j'ai croisé le domestique du docteur Hatt, M. Fig. Il dit qu'il y a dix-sept personnes atteintes de cet empoisonnement, ou cette démence, ou qu'importe le nom qu'on lui donne ; mais qu'elles ne semblent pas à l'article de la mort, elles sont juste terrassées par d'atroces douleurs et n'arrivent pas à fermer l'œil une seule minute. Mais Fig n'est pas du genre loquace, je ne serais pas étonné qu'ils soient tous en train de tomber comme des mouches, en réalité.

Le vieil homme s'arrêta, à bout de souffle. Si Grand-mère Willoweed en avait été capable, elle lui aurait volontiers adressé un sourire aimable. À défaut, elle le remercia de lui avoir fourni ces informations intéressantes et lui offrit d'aller trouver les bonnes pour qu'elles lui servent un bon petit-déjeuner.

— Tout ce que vous voudrez – du gibier, des rognons, des œufs, séparément ou ensemble : ce qu'il vous plaira. Et, tant que vous y serez, demandez-leur de me monter mon plateau. Je suis affamée.

Emma, qui avait dormi plus longtemps que d'ordinaire, se réveilla en entendant les voix des deux personnes âgées. Elle s'empressa de faire sa toilette et de s'habiller, et finissait de coiffer ses longs cheveux quand Hattie entra dans sa chambre, la mine sombre, portant trois oiseaux morts qu'elle avait découverts sur le parterre circulaire proche de la maison. L'un d'eux – un rouge-gorge – était encore chaud ; elle le donna à sa sœur et lui demanda s'il y avait une chance pour qu'il soit juste évanoui.

— Non, je crains qu'il ne soit mort, répondit Emma, caressant délicatement la créature sans vie. Mais je ne m'explique pas pour quelle raison trois oiseaux seraient morts en même temps sur notre pelouse. Ils n'ont pas l'air d'être blessés et la rivière est trop proche pour qu'ils soient morts de soif.

Elle rendit la petite bête à Hattie, qui déclara soudain :

— Oh, j'ai oublié de te dire : Dennis ne se lèvera pas, il dit qu'il a froid.

— Froid ? Allons, Hattie, pourquoi ne m'en as-tu pas parlé tout de suite au lieu de me montrer ces oiseaux idiots ! s'exclama Emma, en se ruant dans la chambre de leur frère, écartant rudement de son chemin la fillette qui enfouit son visage hâlé dans les plumes des oiseaux en sanglotant.

Dennis grelottait dans son lit et se plaignait d'être fatigué. Peu habituée à la maladie, Emma posa la main sur son front et, le trouvant froid, se sentit rassurée. Il avait toutes les raisons d'être épuisé après ses aventures de la veille au soir, se raisonna-t-elle ; il irait bien mieux d'ici l'heure du déjeuner, à condition qu'on le laisse se reposer. Il repoussa son petit-déjeuner, mais but un verre de lait chaud, puis, se rallongeant, il se mit à observer les fissures du plafond, apparemment satisfait.

— Celle-là a tout à fait la forme de l'Australie avec cette pointe qui dépasse, et il y en a une, dans le coin, qui ressemble à l'Irlande – mais ça pourrait également être un ourson, dit-il à sa sœur, d'une voix rêveuse, juste avant qu'elle ne quitte la chambre.

À la boulangerie, Horace Emblyn contemplait ses cuves vides, le cœur brisé. Tous ses sacs de farine avaient été confisqués et étaient perdus, bien qu'il ait été établi que seul le seigle contenait de l'ergot. La veille au soir, le directeur de la santé publique s'était présenté à la boutique, accompagné d'un policier, pour l'informer que c'était son pain qui avait empoisonné les villageois et causé ces accès de démence. Il était responsable des décès de sa femme, du boucher et du meunier. Et il fallait s'attendre à ce que d'autres souffrent et meurent après avoir mangé le pain qu'il avait pris tant de plaisir à élaborer. Dix-sept nouveaux cas s'étaient déclarés, de sévérité moindre que les premiers, pour l'heure, mais il était probable qu'un certain nombre de ces personnes finiraient par succomber du simple fait qu'elles avaient mangé le pain de seigle d'Horace Emblyn.

« Je suis un meurtrier », se dit-il, assis sur un sac vide à côté de ses cuves vides. « Aucune bonne odeur de pain n'arrive de mes fours parce que c'est moi qui ai causé les horreurs qui se préparent encore. Moi, toujours si doux, si faible ; moi qui n'ai jamais reproché ses agissements à mon épouse, moi qui, enfant, n'ai jamais dérobé l'œuf d'un oiseau, ou enfermé un lézard dans une boîte jusqu'à ce qu'il étouffe. Moi qui n'ai jamais éprouvé de colère et qui ne me souviens pas avoir levé la main sur quiconque, j'ai causé plus de souffrance que n'importe quel autre homme en ce bas monde, j'en suis sûr. » Telles étaient les pensées qui tournaient sous sa tignasse brune, au point qu'il se prit presque à espérer que les villageois se ligueraient pour venir lui donner la mort par le feu, comme au vieux Toby. La veille, après le départ du directeur de la santé publique, il s'était rempli la bouche de farine de seigle amère et avait essayé de l'avaler. En désespoir de cause, il l'avait diluée et s'était débrouillé pour en engloutir une quantité considérable, se gavant de pleines poignées de la mixture. Néanmoins, il ne ressentait pas de douleur cuisante à l'estomac, il était juste terrassé de fatigue. Il aurait aimé se causer le mal qu'il avait infligé, mais il ne lui restait plus un seul morceau de pain contaminé à l'ergot à fourrer dans son gosier réticent. Il se leva du sac et se traîna jusqu'à ses fours, déjà presque froids. Il en ouvrit les portes, révélant un vide effroyable, et laissa glisser son regard sur les moules farinés, prêts à recevoir les pâtons. Dans l'évier, de grands bols qui avaient contenu des glaçages de différentes couleurs attendaient d'être lavés. Ses yeux tombèrent sur une souris écrasée dans un piège. Du sang perlait sur son museau. Il se détourna un instant, puis se força à la regarder. Quel droit avait-il de détourner les yeux d'une souris assassinée, lui qui avait causé tant de décès ? Il libéra délicatement la petite créature raide de la souricière et la tint au creux de sa main, réfléchissant à ce qu'il allait pouvoir en faire. Finalement, il la glissa dans une boîte qui avait jadis contenu des bougies d'anniversaire colorées, et la couvrit de feuilles d'argent.

— Je t'enterrerai plus tard, murmura-t-il.

C'est alors qu'il remarqua la tache écarlate dans sa paume. Il alla à l'évier pour la laver, mais ne se sentit pas le droit de le faire, lui qui avait tant de sang sur les mains. Sur le rebord de la fenêtre, le soleil striait de violet une bouteille d'acide phénique. Il passa sa main souillée dans le rai de lumière violette, saisit la bouteille, la déboucha et respira la puissante odeur de propreté qui s'en élevait.

Le boulanger s'agenouilla alors sur les dalles et murmura :

— Je vous en prie, mon Dieu, accordez-moi votre pardon, mais permettez-moi de souffrir pour l'éternité.

Puis il but tout ce qu'il fut capable de boire au goulot de la bouteille avant de s'étrangler et de s'écrouler à terre, consumé par des brûlures d'estomac bien plus abominables que celles qu'il avait causées avec son pain.

Cet après-midi-là, Ives s'approcha de Grand-mère Willoweed, qui prenait un bain de soleil sur une chaise en rotin, dans l'allée en contre-haut du jardin.

— Le boulanger est mort, m'dame ! cria-t-il dans son cornet acoustique, et Mme Fig a attrapé la démence – à moins qu'elle ne soit atteinte de delirium tremens – et le vieux paon est mort, lui aussi ; il n'en reste aucun, à présent. Mais mes canards vont bien.

Et il repartit vers la rivière pour s'en assurer.

XIV

Dennis sanglota qu'il avait chaud, puis que des vagues froides menaçaient de l'engloutir. Emma s'assit à son chevet, au bord des larmes, elle aussi. Plus tard, dans l'après-midi, elle demanda à sa grand-mère d'envoyer chercher le médecin, mais la vieille dame rétorqua qu'elle était certaine qu'il faisait un caprice. Elle consentit toutefois à prendre sa température et s'éloigna de son pas pesant pour aller chercher le thermomètre dans sa chambre, un objet que l'on utilisait fort rarement chez les Willoweed. Elle le découvrit dans une boîte à chaussures, avec le certificat de naissance de Dennis et une facture pour des pieds de veau en gelée. N'étant pas certaine de savoir s'en servir, la grand-mère le secoua frénétiquement pendant près de cinq minutes.

— Est-ce que ça va faire affreusement mal ? questionna l'enfant.

Quand elle le lui glissa finalement dans la bouche, il fut surpris de ne rien ressentir d'autre qu'un goût de poussière sur la langue. Dix minutes plus tard, il fut récupéré avec maintes précautions, cependant il fut impossible de le lire.

— Il devrait y avoir une marque qui indique la température normale quelque part, mais je ne la vois pas. Si ce garçon est vraiment malade, le mercure devrait monter bien au-dessus de cette limite !

Les deux femmes scrutèrent le thermomètre un moment, avant qu'Emma ne finisse par voir que le mercure s'arrêtait à 36 °C. C'était en deçà de la température normale, ce qui avait tout lieu de les rassurer : il devait être en excellente santé pour avoir une température aussi basse.

— Je suis certaine que tu fais semblant, conclut Grand-mère Willoweed, manifestement contrariée.

Et elle quitta la chambre, brandissant le thermomètre devant elle, telle la baguette d'une vilaine fée. Se sentant disgracié pour avoir feint la maladie, et toujours aussi grelottant dans son lit, Dennis déclara :

— Quand même, Emma, si on se sent comme cela lorsqu'on est en excellente santé, ce n'est pas très plaisant. Je préférerais être malade tous les jours de ma vie.

Dans l'arrière-cuisine, Norah épluchait les légumes pour le repas du soir, et Eunice était tassée sur un tabouret à trois pieds près de la lessiveuse.

— Sais-tu quel jour nous sommes, Norah ? s'enquit-elle d'un ton abattu.

— J'avoue que je l'ignore, répondit sa sœur, en coupant une énorme pomme de terre nouvelle.

— Eh bien, nous sommes le 22 juin, et c'est un grand jour dans toute l'Angleterre sauf ici, où nous sommes tous déprimés. Le roi George sera couronné, aujourd'hui ; les drapeaux flotteront dans le vent et les gens boiront à sa santé dans des tasses spécialement éditées pour le couronnement. As-tu oublié que nous devions traverser le village montées sur des charrettes décorées pour l'occasion ?

— Je ne me souviens pas qu'on m'ait sollicitée pour parader dans une charrette décorée, mais il est possible que tu l'aies été, toi : tu es tellement jolie. Il n'est guère étonnant qu'on ait totalement oublié cela. Fig m'a raconté que certains villageois prévoyaient d'aller jusqu'à Eversham pour célébrer l'événement, qu'ils feraient la fête dans un parc, sous une grande arche, qui en réalité n'est autre qu'une mâchoire de baleine. Oh, j'aurais tant aimé en être ; mais la mère de Fig est souffrante, et nous sommes tous si accablés de tristesse.

— Oui, c'est vrai, convint sa sœur, l'air malheureux, et tu n'imagines pas comme mon ventre me fait souffrir maintenant que j'attends un bébé.

Quand Emma se prépara à dormir, ce soir-là, des feux d'artifice apparaissaient, au loin. Elle les guetta un moment, puis, se remémorant l'horrible incendie de la chaumière du vieux Toby, s'empressa de se mettre au lit. Elle commençait à s'enfoncer dans le sommeil quand elle entendit Dennis l'appeler. Elle courut à sa chambre, trébuchant dans le noir, et le trouva en larmes, gémissant qu'il n'arrivait pas à dormir et que ses entrailles étaient en feu. Elle essaya de le calmer avant de descendre dans la cuisine endormie pour chauffer un peu de lait sur un poêle à pétrole. Il était presque froid quand elle parvint enfin à le lui faire boire. L'enfant passa la nuit à sursauter, gigoter et se plaindre d'avoir les entrailles en feu. Puis il souilla son lit et Emma dut le refaire et dissimuler les draps sales afin que leur grand-mère ne se fâche pas. Quand l'aube arriva enfin et que les oiseaux se mirent à chanter, ils se prirent à espérer que cette terrible nuit était derrière eux ; mais il n'était pas encore quatre heures : il leur restait des moments terribles à vivre.

Enfin, Emma entendit l'une des bonnes s'évertuer à allumer le fourneau. Elle descendit à la cuisine et y découvrit une Norah au teint grisâtre, portant un manteau par-dessus sa chemise de nuit en flanelle.

— Veuillez excuser ma tenue, mademoiselle, mais je m'inquiète pour ma sœur. Elle a souffert de violentes brûlures d'estomac toute la nuit, et n'a pas fermé l'œil. Oh, c'était si affreux de la voir au supplice et d'être si peu apte à la soulager. C'est la faute de ce pain empoisonné, j'en suis certaine !

— Oh, Norah, Dennis a souffert des mêmes maux. J'ai passé la nuit à son chevet et il ne va guère mieux ce matin. Viens le voir et donne-moi ton avis, s'il te plaît.

Les deux jeunes filles montèrent à la chambre de Dennis et examinèrent le petit garçon, qui avait l'air extrêmement malade à la lumière du jour. Son visage livide ruisselait de sueur, et, bien que ses yeux fussent ouverts, il semblait à peine conscient. Bouleversée par l'altération de son état, la bonne déclara qu'il fallait envoyer chercher le médecin sur-le-champ.

— Mais, Norah, ma grand-mère sera furieuse si je ne lui demande pas la permission avant ; et si je la réveille, elle sera plus furieuse encore. Je suis si fatiguée, je me sens incapable d'endurer une de ses scènes. Penses-tu que père accepterait de descendre voir Dennis ? Il pourrait décider de faire venir le docteur Hatt, alors ; voire d'aller le chercher lui-même. Norah, va le prévenir que Dennis est très malade. Il jugera la nouvelle plus sérieuse si c'est toi qui la lui apportes.

Aussi Norah monta-t-elle prévenir Ebin Willoweed, qui, après moult protestations, consentit à descendre voir son fils. Lorsqu'il le fit, il eut du mal à reconnaître Dennis dans le petit être blême qu'il avait devant lui. Et plus encore quand il vit l'enfant se plier en deux de douleur, se plaindre de brûlures d'une voix faible, presque inaudible, puis tenter de se redresser dans un spasme de douleur et retomber sur son lit, inconscient.

— Oh, mon Dieu, Dennis ! s'écria-t-il. Dennis, tu vas bien ?

Il saisit l'un de ses petits bras moites et le secoua presque. Dès qu'il montra des signes de conscience, Ebin s'habilla et se rua hors de la maison pour aller chercher le docteur Hatt. Chemin faisant, il se remémora le nombre incalculable de fois où il s'était montré impatient ou, pire, agressif à l'égard de son fils. Il éprouvait toujours des regrets, après coup, se promettait de témoigner davantage de gentillesse au garçon, mais cela ne durait guère. Il se souvint, honteux, de ses colères lorsqu'il lui apprenait à nager, lui assenant des coups de rame sur les doigts chaque fois qu'il essayait de s'accrocher à la barque. Il pouvait presque voir les mains de l'enfant, agrippant le bois verni du bateau, petites et tremblantes, bleuies par le froid. « Je ne serais pas étonné que cet enfant me déteste », songea-t-il, abattu, en faisant tinter la cloche gravée du mot *Jour*.

Le docteur Hatt entra à Willoweed House avec une barbe naissante et des yeux hagards. Il déclara que Dennis et Eunice souffraient tous deux d'un empoisonnement à l'ergot, mais que le cas de Dennis était plus sévère. Il suggéra qu'on fasse venir une infirmière sur-le-champ ; et, avant que la nuit ne revienne, une demoiselle Fenwick arborant une moustache noire prit son poste, et toute la maisonnée fut en état d'alerte. Bouleversée par la nouvelle de l'horrible mal qui frappait son petit-fils, Grand-mère Willoweed passa des heures enfermée dans sa chambre à concocter des mélanges répugnants censés soulager le garçon. Lorsque l'infirmière la découvrit en train de fourrer du fil noir coupé en morceaux dans la gorge de l'enfant, l'aïeule affirma qu'il s'agissait d'un remède contre les vers et les autres corps étrangers qui peuplaient l'estomac.

Elle fit également bouillir une souris dans une coquille d'œuf : remède infaillible contre la coqueluche, très probablement efficace contre d'autres affections rares, selon ses dires.

Elle éprouvait un profond ressentiment envers l'infirmière, mais en voulait davantage encore à Eunice d'être tombée malade à un moment si inopportun ; de sorte qu'au lieu de faire venir une domestique supplémentaire du village, elle obligea Norah à accomplir le travail de deux personnes, en plus de veiller sur sa sœur. De temps à autre, son vieux visage renfrogné se glissait dans l'ouverture de la porte d'Eunice et elle lui criait : « Allez, debout ! Debout, espèce de souillon paresseuse. Tu n'as rien du tout, tu ne hurles même pas de douleur ! » La pauvre Eunice endurait tout cela, au supplice, baignant dans sa sueur, terrifiée à l'idée que le médecin risquait de révéler son secret à sa tourmenteuse, qui la renverrait, malade et disgraciée, vers un père furieux. Elle gisait dans son lit en désordre, sans forces et blême. Chaque fois que la douleur incandescente menaçait de la consumer, elle avait le sentiment d'expier son péché et était persuadée qu'elle vivait ses derniers instants. Mais sitôt que la douleur se calmait, elle se mettait à supplier sa sœur d'aller chercher Joe.

— Juste pour le voir une dernière fois, que je me souvienne de lui quand je serai seule dans ma tombe, l'implorait-elle.

Cependant, Norah savait qu'il serait impossible d'introduire Joe dans la maison, puis dans l'escalier de service pour rejoindre la chambre de sa sœur ; sans compter que la chose serait des plus inconvenantes. Même s'il s'agissait de la dernière volonté d'une mourante, elle ne pouvait se résoudre à encourager de tels agissements. Elle préparait le petit-déjeuner quand, entendant des hurlements en provenance de l'étage, elle abandonna le bacon sur le feu et courut porter assistance à sa sœur, s'attendant à découvrir que la folie s'était déclarée et qu'Eunice était sur le point de se faire du mal. Dans sa panique, elle se rappela avoir laissé les fenêtres ouvertes pour aérer la chambre. Elle trouva sa sœur accroupie au bout du lit avec une expression d'horreur sur le visage.

— Regarde, il y a du sang partout ! s'écria-t-elle, lorsqu'elle remarqua sa présence.

— Oui, oui, ma chérie, viens t'allonger, répondit Norah d'une voix apaisante.

C'est alors qu'elle constata que les draps étaient effectivement trempés de sang et dans un terrible état. L'espace d'un instant, elle pensa que c'était la fin ; puis, se remémorant l'état de sa sœur, elle se prit à espérer que ce fût seulement une fausse couche et fut en mesure de calmer la jeune femme terrifiée. Elle changea les draps, l'installa confortablement et lui promit de lui amener le médecin dès son retour. Elle dissimulait les draps souillés dans un placard quand Grand-mère Willoweed passa dans le couloir en ronchonnant que du bacon brûlait. Les deux sœurs entendirent à nouveau son pas lourd lorsqu'elle regagna sa chambre, peu après.

Quand le docteur Hatt revint à Willoweed House, il examina Eunice et confirma qu'elle avait fait une fausse couche. Norah le pria de ne rien dire à la vieille dame. Il murmura que ce ne serait pas nécessaire, puis alla retrouver son assistant, Philip Andrew, qui l'attendait dans la chambre de Dennis.

XV

Le jeune médecin baissa les yeux sur Dennis, presque inconscient, qui paraissait assez tranquille, même si ses mains tremblaient. Emma était assise à côté de lui, si épuisée qu'elle ne l'entendit pas entrer dans la pièce et fut surprise lorsqu'il lui demanda d'aller chercher l'infirmière. Elle le dévisagea de ses yeux d'un brun profond, trop grands pour son visage rêveur, si fin et si pâle.

« Elle ressemblerait tout à fait à une Madone du Greco, pensa-t-il, si ses cheveux étaient couverts d'un voile bleu – mais ils sont si beaux. Elle est parfaite telle qu'elle est. »

Il retrouva ses esprits et déclara :

— Mademoiselle Willoweed, l'infirmière… Voulez-vous bien aller la prévenir que le docteur Hatt est ici pour voir votre frère…

— Oh, oui, bien sûr, vous êtes l'un des médecins. J'y vais de ce pas.

Et elle se glissa hors de la petite chambre sombre, croisant le docteur Hatt qui y entrait.

— Cette pauvre enfant supporte très mal la maladie de son frère, dit-il.

Il prit soin de refermer la porte avant de faire part de la fausse couche d'Eunice à son assistant.

— Il faudra que je fasse un rapport ; mais nul n'est besoin d'en informer la vieille dame. L'infirmière pourra passer voir comment se porte la malade. Ah, la voilà !

Mlle Fenwick entra dans la pièce dans un bruissement de jupes amidonnées, arborant un sourire d'une timidité affectée sous sa moustache, et l'examen de Dennis débuta.

Lorsqu'ils quittèrent la chambre, les deux médecins trouvèrent Ebin Willoweed planté sur le palier, sous des bois de cerfs, en train de se ronger les ongles. Il scruta leurs visages graves et les suivit dans l'escalier, le cœur affreusement serré. Étonné de l'intensité de la douleur de son ami, Hatt posa la main sur son bras.

— Je crains qu'il ne soit très atteint, lui avoua-t-il ; je ne peux guère vous donner d'espoir. Accepteriez-vous de l'envoyer à l'hôpital, où ses chances de guérison seraient meilleures, je pense ?

Ebin ne voulut pas en entendre parler. Il échangea une poignée de main avec le médecin et se dépêcha de remonter voir son fils pour juger de son état par lui-même. L'infirmière, qui sortait de la chambre, l'écarta de son chemin avec une certaine impatience, et fut immédiatement punie de sa grossièreté lorsqu'elle tomba nez à nez avec Grand-mère Willoweed. L'aïeule, qui était dans tous ses états depuis qu'il lui semblait avoir entendu le tic-tac de la mort dans son placard, insista pour que l'infirmière vienne l'écouter. Prise au dépourvu par l'odeur pestilentielle des lieux, Mlle Fenwick pinça les lèvres et se tint raide comme la justice tandis que la vieille dame se penchait sur le placard, son cornet acoustique contre l'oreille.

— C'est une souris, déclara-t-elle, contrariée. Vous ne reconnaissez donc pas le bruit d'un rongeur ? Vous devriez vous procurer une souricière ou un chat afin de vous débarrasser de cette créature répugnante.

— Mais mon chat est mort, gémit l'aïeule, l'horrible épouse du boulanger l'a écrasé et je me retrouve avec une souris dans mon placard. C'est par trop injuste !

L'infirmière tournait les talons pour sortir, quand elle se souvint que Grand-mère Willoweed était la personne censée rémunérer ses services. Elle entrouvrit la porte et cria :

— C'est si triste pour votre chat !

Alors que les deux médecins quittaient la maison, ils aperçurent Norah et Fig qui discutaient. Celui-ci venait juste d'annoncer à Norah que sa mère était morte de convulsions à l'issue d'une violente crise de delirium, et semblait très affecté par la perte de cette parente si peu appréciée.

« Comment peut-il regretter cette femme horrible ! se dit Norah. Enfin, il a été un bon fils pour elle, et on dit que les bons fils font des maris meilleurs encore. »

Aussi prononça-t-elle les paroles de réconfort appropriées, espérant qu'il ne s'apercevrait pas qu'elles étaient insincères.

Au fil de la journée, l'état de Dennis ne cessa d'empirer, et des hallucinations lui vinrent sous la forme d'animaux terrifiants et de flammes aux formes étranges. Les hurlements du pauvre enfant résonnaient dans toute la maison au point que Grand-mère Willoweed, au comble de l'hystérie, s'imaginait que la fin du monde était proche et que l'Apocalypse avait commencé. Hattie et son père descendirent à la rivière et s'assirent dans l'une des barques amarrées, silhouettes malheureuses courbées sous le soleil. L'infirmière ayant renvoyé Emma de la chambre du malade, celle-ci était descendue dans le jardin assombri et s'était postée sous la fenêtre de son frère, contre le mur couvert de lierre à l'odeur âcre de poussière. Elle écouta les cris terrifiés de Dennis, et continua de les entendre longtemps après qu'ils eurent cessé. Les médecins franchirent de nouveau les grandes grilles vertes et, un peu plus tard, leurs murmures bourdonnèrent au-dessus d'elle, suivis du petit rire gai de l'infirmière et de la voix de Dennis, suraiguë et fatiguée, décrivant une vision fabuleuse. Elle se tenait si immobile qu'un bébé rouge-gorge, brun et tout rond, se posa sur sa chaussure et poussa un piaillement plaintif. Elle secoua le pied comme pour dire « Va-t'en, vilaine bestiole », se souvenant que les bonnes affirmaient que les oiseaux, et en particulier les rouges-gorges, apparaissaient dans les maisons où la mort était attendue. Un jour, le Vieil Ives lui avait raconté que, peu avant le décès de son jeune frère, quand une colombe avec une aile cassée était entrée dans la cuisine et s'était posée sur le buffet, brisant des assiettes bleues, son père l'avait attrapée et lui avait tordu le cou.

À l'approche du soir, Ebin et Hattie quittèrent la barque et se glissèrent dans la maison en catimini. L'horloge résonnait puissamment dans l'immobilité du vestibule obscur et cependant, à l'étage, on n'entendait que les énormes ronflements de Grand-mère Willoweed, que l'on avait droguée à son insu. Ebin s'arrêta devant la porte de son fils et l'entrouvrit, redoutant ce qu'il allait trouver à l'intérieur ; mais il n'y découvrit que Dennis, gisant immobile dans son lit, et Philip Andrew, à son chevet, veillant attentivement sur lui.

— Comment va-t-il ? chuchota-t-il d'une voix rauque.

— Ma foi, c'est difficile à dire, répondit le jeune médecin. Il est plus calme, à présent ; mais il est épuisé et il a été pris de convulsions de type épileptique il y a une heure. S'il survit à cette nuit, je pense que le pire sera derrière nous. Quoi qu'il en soit, le docteur Hatt sera bientôt de retour et restera auprès de lui presque toute la nuit. L'infirmière se repose un peu. Oh, et… j'espère que cela ne vous dérange pas, mais j'ai administré un calmant léger à votre mère pour qu'elle fasse moins de bruit ; elle était dans tous ses états !

— Oh, non, bien sûr que non. Je souhaiterais plutôt que vous le fassiez plus souvent.

Ebin observa le visage crispé de Dennis depuis le seuil de la chambre, se disant : « Peut-être est-ce la dernière fois que je le vois en vie. Si par miracle il guérit, je l'emmènerai en vacances dans un endroit plein de bateaux et de livres ; le pauvre petit bonhomme aime tant la lecture. »

Il se balança doucement sur ses pieds pendant quelques minutes avant de reprendre :

— Bonne nuit. Appelez-moi au besoin.

Et il monta l'escalier sombre de sa mansarde. L'obscurité était la bienvenue, car ses yeux étaient remplis de larmes.

Le visiteur suivant fut Emma, qui, voyant le médecin immobile près de son frère, se replia aussitôt. C'est alors que Philip Andrew remarqua la jeune fille pâle et défaite aux yeux rougis, et lui proposa de rester d'un ton apaisant. Il se demanda si elle avait mangé aujourd'hui et lui fit comprendre qu'il avait assez faim et serait heureux qu'on lui offre un sandwich, du café ou même un œuf dur.

— Et peut-être seriez-vous assez aimable pour manger avec moi, j'ai une sainte horreur de dîner seul.

— D'accord, si vous y tenez, accepta Emma un rien réticente, en ressortant pour gagner la cuisine.

Lorsqu'elle revint, quelques instants plus tard, pour lui annoncer qu'un repas l'attendait au petit salon, elle semblait avoir repris des couleurs ; il remarqua qu'elle avait lavé son visage strié de larmes et coiffé ses cheveux. L'infirmière ayant repris son poste auprès de Dennis, ils quittèrent la chambre ensemble, Emma ouvrant gravement la marche.

Sur la table du petit salon brûlaient deux grandes chandelles, atténuées par des abat-jour de soie rouge qui conféraient à leur nourriture une légère nuance rosée. Le jeune médecin dévisageait Emma, émerveillé, tout en l'encourageant à se restaurer. Leur collation terminée, il se mit à l'interroger sur l'existence qu'elle menait ici et fut étonné d'apprendre qu'elle n'avait quitté le village qu'à deux occasions depuis son arrivée à Willoweed House, jeune enfant. La première fois, c'était pour consulter un dentiste, à Birmingham.

— C'était il y a des années, j'avais dix ans environ, mais je m'en souviens très clairement. Ma grand-mère m'a accompagnée. Nous avons effectué une partie du trajet en calèche, mais nous avons également pris le train. J'en avais déjà vu, bien entendu, mais ne l'avais pris qu'une fois auparavant, quand j'étais très jeune. C'était merveilleux. Tout ce qu'il s'est passé ce jour-là était merveilleux, hormis le fait que le dentiste m'a anesthésiée avec du gaz et que j'ai eu la nausée ensuite, mais cela n'a pas duré longtemps. Nous avons déjeuné dans le plus gigantesque des hôtels ; de là, vous pouviez entendre les trains à loisir et il y avait des serveurs et des palmiers partout où vous posiez le regard. Et les boutiques ! Les vitrines étaient sublimes, dans mon souvenir elles m'apparaissent remplies de vases chinois aussi grands que ma grand-mère, de soieries chatoyantes et de bijoux évoquant des cascades d'eau étincelant sous le soleil – à la différence près que cette lumière-là était produite par l'électricité. Dans certains magasins, on ne trouvait que des ouvrages neufs avec des reliures en papier brillant. J'ignorais que les nouveaux livres avaient des couvertures en papier, alors. Oh, et j'ai vu des boutiques où l'on ne vendait que des fleurs, et une confiserie dans laquelle on pouvait assister à la fabrication des bonbons : derrière une vitrine, une masse collante s'étirait en tournant entre deux barres de métal, sans jamais retomber. Et les chaussées ! Elles étaient si lisses et sombres, quand vous pouviez les apercevoir ; ce qui n'était guère aisé tant la circulation était dense, et les gens ne se donnaient même pas la peine de prêter attention aux voitures, alors qu'il y avait tant de beaux cabs, et d'immenses haquets souvent tirés par quatre chevaux ; et tout cela produisait une sorte de grondement sauvage.

Elle s'arrêta soudain pour reprendre son souffle, puis, d'un ton plus guindé, ajouta :

— Et bien sûr tout paraissait terriblement sombre et sale. Je suppose que vous vous y êtes souvent rendu.

— Non, je ne connais pas Birmingham, mais cela m'a l'air d'une ville agréable.

— Où vivez-vous, alors, pas à Londres ?

— Si, j'habite à Londres, dans le quartier de Kensington ; mais parlez-moi de la deuxième fois que vous avez quitté le village.

— Ma foi, c'est plutôt inintéressant, répondit-elle d'une voix plate.

— Je vous en prie, racontez-moi ; cela m'intéresse beaucoup, insista-t-il, l'implorant presque.

— Ce n'était qu'une foire à bestiaux, à Lemington, où mon père m'a emmenée. Nous nous y sommes rendus en calèche, en compagnie du notaire et de son épouse.

Son visage s'éclaira, à nouveau.

— Mais vous n'imaginez pas comme les bêtes étaient grandes : elles étaient géantes ; et les cornes de certains taureaux étaient assez belles pour être fixées à un support et accrochées dans le vestibule d'une grande demeure. Et il y avait des chevaux aussi, un spectacle avait été organisé pour les admirer et les voir sauter, et leurs cavaliers étaient si beaux – les hommes autant que les femmes. Et les machines agricoles sont si fascinantes quand elles sont neuves et qu'elles n'ont pas traîné dans les champs pendant plusieurs mois d'affilée. Et il y avait des abeilles qu'on pouvait voir fabriquer leur miel dans une ruche vitrée. Avez-vous déjà vu une telle chose ? Je crois qu'on appelle cela une « ruche d'observation ».

Le front d'Emma se plissa, et elle l'interpella soudain sur un ton de reproche :

— Ne feriez-vous pas mieux de retourner au chevet de Dennis, maintenant ?

Philip lui sourit et répondit :

— Si, j'aimerais le voir une fois encore avant de partir. Je devrai me rendre à l'hôpital dès que le docteur Hatt prendra le relais ici.

Ils montèrent l'escalier en silence, et dès qu'ils furent de retour dans la chambre, Dennis se mit à sangloter comme un chiot. Philip se pencha sur lui et souleva délicatement une de ses paupières afin d'examiner son œil. Il lui prenait le pouls quand le docteur Hatt apparut, s'excusant auprès d'Emma d'être entré par la porte du jardin sans y avoir été invité « pour éviter de déranger qui que ce soit ».

— Vous devriez être au lit, Emma. Je vous assure que si l'état de Dennis s'aggrave, je vous ferai appeler immédiatement.

Aussi, légèrement rassurée, la jeune fille qui n'avait pas dormi depuis deux nuits gagna sa chambre, se dévêtit partiellement, s'écroula sur son lit blanc inconfortable, et s'endormit presque aussitôt. Le jour se levait tout juste quand elle fut réveillée par des éclats de voix arrivant du couloir et le bruit de pas légers mais précipités. Dehors, les oiseaux chantaient et piaillaient à tue-tête, comme pour marquer la fin d'un grand silence. Sa porte s'entrouvrit et le visage de l'infirmière apparut. Constatant qu'Emma était réveillée, Mlle Fenwick entra dans la pièce et déclara :

— Oh, ma chère, votre frère vient de décéder. Son état s'est aggravé si brusquement que nous n'avons pas eu le temps de vous prévenir.

XVI

L'enterrement fut très modeste. Ebin et le Vieil Ives furent les seuls habitants de Willoweed House à y assister. Comme il n'avait pas envisagé que Dennis puisse décéder, Ives n'avait pas réfléchi à la couronne qui lui conviendrait le mieux ; il avait fini par opter pour des marguerites bien serrées les unes contre les autres. Debout devant la fosse, il se demanda si sa couronne n'était pas trop féminine pour un garçon.

— Tout de même, on ne pouvait pas dire que c'était un garçon *garçon*, marmonna-t-il dans sa barbe.

Le pasteur interrompit son oraison funèbre, les sourcils froncés.

Les deux médecins étaient réunis sous le même parapluie pour s'abriter de l'averse qui inondait graduellement la fosse où l'on avait descendu le petit cercueil. Remarquant qu'une musaraigne morte gisait près de son pied, Ebin la repoussa du bout de sa chaussure jusqu'à ce qu'elle tombe dans la fosse.

« Elle lui tiendra compagnie », pensa-t-il.

À nouveau, le pasteur s'interrompit et adressa un regard furieux à la créature qui avait atterri au milieu des couronnes trempées, avant de conclure son service religieux par une prière.

Dans le petit salon de Willoweed House, la grand-mère endeuillée discutait des détails de son testament avec Williams, le notaire boiteux. Régulièrement, elle haussait le ton et lui criait dessus d'une manière menaçante, puis, presque aussitôt, se mettait à gémir qu'elle n'était qu'une pauvre vieille dame sans personne pour l'aider. Ce gémissement pathétique artificiel, affectation adoptée depuis peu, était aussi embarrassant qu'éprouvant pour tous ses interlocuteurs.

— Je ne vivrai pas éternellement, glapit-elle. Qu'adviendra-t-il de mon argent quand je serai morte ? Et de ma bonne terre louée si avantageusement. Je ne peux pas les léguer à cet idiot d'Ebin, il vendrait tout et dilapiderait ma fortune à Londres, c'est certain.

Elle se tut, puis reprit plus calmement :

— Mais peut-être qu'il n'est pas aussi bête qu'il en a l'air, dans le fond. Je ne sais pas ce qui a changé en lui, mais il paraît différent ces derniers temps, et il semble recevoir de l'argent de je ne sais où. Quoi qu'il en soit, je ne veux rien lui léguer, à l'exception peut-être d'une petite annuité ou quelque chose de ce genre. Il est comme son père : le même visage idiot, la même oisiveté. Je ne les ai jamais aimés, ni l'un ni l'autre. En toute franchise, j'étais bien contente quand mon mari est mort et que tout m'est revenu après seulement trois ans de ce mariage pénible. Ah ! Vous êtes choqué ! Quel vieil hypocrite vous faites.

Le notaire rit nerveusement. Son rire était une sorte de bêlement qui s'échappait par un coin de sa bouche, l'obligeant à enfoncer son menton dans son cou de manière si étrange qu'il prenait un air extraordinairement penché chaque fois qu'il l'émettait – ce qui arrivait toutes les quatre minutes environ lorsqu'il traitait avec un client difficile.

Après maints cris et gémissements de Grand-mère Willoweed et autant de bêlements de Williams, il fut convenu qu'un nouveau testament serait rédigé, stipulant qu'Ebin, Emma et Hattie tireraient un profit égal des recettes du domaine jusqu'à la naissance du premier fils d'Emma, qui hériterait de l'intégralité de la propriété à l'âge de vingt et un ans, moins trois mille livres qui seraient réparties à parts égales entre les trois bénéficiaires précédents.

— Bien entendu, tout cela devra rester entre nous, Williams. Je ne voudrais pas qu'Emma s'empresse de convoler et m'abandonne à la charge de mes serviteurs dans mon vieil âge. Je ne devrais pas m'éterniser, et dans le cas contraire, elle sera toujours jeune dans dix ou quinze ans.

Le notaire s'apprêtait à partir quand Ebin rentra du cimetière.

— Me voici de retour, mère, trempé jusqu'aux os, lança-t-il d'un ton abattu. Oh, bonjour, Williams. Je ne vous avais pas vu.

Il braqua ses grands yeux bleus sur les papiers que le notaire fourrait déjà dans sa serviette, incapable de distinguer de quoi il s'agissait. Tout en montant l'escalier, il réfléchit aux motifs possibles de la visite du notaire et soupçonna sa mère d'avoir considérablement modifié son testament à présent que Dennis était mort. Cela faisait bien des années que le contenu de ce testament le préoccupait et qu'il se demandait à combien s'élevait sa fortune et de quelle manière elle comptait en disposer. Il avait été particulièrement touché par l'injustice commise par son père en léguant tous ses biens à son épouse sans se préoccuper de l'avenir de son fils. Mais, tout à coup, il se moquait de ce qu'elle ferait de cet argent. En ce qui le concernait, elle pouvait décider de le léguer à un refuge pour chevaux abandonnés, il n'en avait cure. Et c'est le cœur léger, comme s'il s'était délesté d'un poids énorme, qu'il se débarrassa de ses vêtements noirs mouillés, les envoyant voler dans toute la chambre ; ses yeux se posèrent alors sur son pantalon, qui pendait piteusement du piano droit, et il éclata de rire.

Emma était étendue sur son lit, la tête couverte d'un oreiller pour étouffer le grondement du glas. Quand il se tut enfin, songeant soudain à Hattie qui était sans doute cachée dans un coin, seule et malheureuse, elle se leva pour aller à sa recherche. Elle passa devant le petit salon, et, reconnaissant la voix de sa grand-mère et le rire chevrotant du notaire, comprit que sa sœur ne s'y trouverait pas. Elle ouvrit la porte de la salle de réception et fut assaillie par l'odeur de salpêtre. Hattie était assise sur un tapis jaune, devant la fenêtre, courbée sur un cahier. Lorsqu'elle leva vers elle son visage mat strié de larmes, Emma songea qu'elle ressemblait à une pensée sur laquelle il aurait trop plu.

— J'écris un poème, dit l'enfant, mais je n'ai que deux vers, et je crois qu'ils ne riment pas.

Elle les lut à voix haute :

Deux personnes nageaient dans l'eau,
L'une vivante et l'autre morte. Oh.

Emma lui assura que c'était un beau poème, bien qu'il fût un brin court ; et, alors qu'elles se tenaient toutes deux devant la fenêtre, le soleil se mit à briller pour la première fois de la journée, et le jardin devint tout lumineux et scintillant.

— Regarde comme les roses trémières ont poussé, elles sont énormes, s'écria Emma. Je ne les ai jamais vues aussi grandes.

— Et les tournesols, reprit Hattie en riant, ils ressemblent vraiment à des soleils, cette année.

Elles ouvrirent les portes-fenêtres et coururent jusqu'à la rivière, leurs robes noires teintes à la maison virant un peu au vert dans la lumière éclatante du jour. Elles se postèrent sur le ponton et admirèrent l'eau, si transparente, à présent, qu'on pouvait voir les poissons filer sous la surface.

Les jours passèrent, la vie du village reprit lentement son cours normal, et les dernières victimes de l'empoisonnement à l'ergot de seigle guérirent. Des parties de cricket se disputèrent de nouveau sur le terrain situé en bordure de rivière avec ses vestiaires, un peu plus haut, sur le côté. Les jeunes choristes eurent droit à leur sortie annuelle avec la fanfare, et se produisirent sur la pelouse du presbytère. Le premier champ de maïs fut fauché, et une fois le travail terminé, selon la coutume, on tua des lapins. Les prunes furent cueillies dans les vergers, tandis que dans les petits potagers on laissait les courges grossir en prévision de la fête des moissons. Mais la vie n'avait pas repris son cours normal pour les Willoweed – loin s'en fallait. Il y eut d'abord l'horrible après-midi où Norah donna sa démission à Grand-mère Willoweed.

— Je vais épouser M. Fig, voyez-vous, expliqua-t-elle avec fierté.

— Non, je ne vois pas, et je n'aime pas que l'on me donne du « voyez-vous ». Et puis, tu fais sûrement erreur, qui pourrait vouloir épouser une grosse fille empotée dans ton genre ? Je suppose que tu es dans une position intéressante. Vous autres, les villageoises, êtes toutes les mêmes.

Norah rougit jusqu'à son grand grain de beauté aux contours de l'Australie.

— Je ne suis pas enceinte, madame, et sachez que vous n'avez aucun droit de m'accuser ainsi.

Puis elle songea au déshonneur d'Eunice, qui lui paraissait être aussi le sien, et les larmes lui vinrent aux yeux.

— Ah ! Tu fais la fière maintenant que tu as décidé de partir, mais si tu t'imagines que je vais garder ta fainéante de sœur après ton départ, tu te trompes grossièrement.

— Oh non, madame, ma sœur part, elle aussi. Elle va travailler pour les dames de Roary Court. Elles ont cruellement besoin d'aide depuis que Mlle Nesta est si malade.

— Dieu du ciel ! Quelles intrigantes vous faites, toutes les deux. Qu'elle ne s'attende pas à ce que je lui fournisse une lettre de recommandation.

La voix de la vieille femme s'éleva et résonna contre les murs rouges du petit salon.

— Cela n'a aucune importance, madame. Mlle Nesta estime qu'elle connaît Eunice depuis assez longtemps pour que ce ne soit pas nécessaire.

Grand-mère Willoweed se hissa péniblement sur ses pieds et, la mâchoire frémissante, beugla :

— Ainsi, vous vous êtes liguées contre moi ! Je ne le tolérerai pas ! Je ne le tolérerai pas, misérable ingrate !

Et elle empoigna une chaise qu'elle abattit sur une Norah horrifiée.

— Maudite souillon ! Maudite souillon ! hurlait-elle, faisant pleuvoir les coups sur la jeune fille, tombée à terre et se recroquevillant tant bien que mal dans un coin de la pièce.

Emma, qui avait entendu le terrible vacarme depuis le jardin, accourut, appelant son père en chemin. Arrivée devant la porte-fenêtre, elle se figea, si écœurée et terrifiée qu'elle ne pouvait se résoudre à venir en aide à Norah. Enfin, surmontant sa peur, elle se précipita sur sa grand-mère et essaya d'arracher la chaise à sa poigne d'acier. À son immense soulagement, son père apparut soudain et il gifla la grand-mère, qui poussa un cri indigné, laissa tomber la chaise et s'écroula, en proie à une crise d'hystérie. Emma aida la pauvre Norah à se lever et à gagner la porte. Lorsqu'elle l'ouvrit, elle découvrit Eunice sidérée et tremblante sur le palier. Celle-ci entraîna aussitôt sa sœur en larmes dans le long couloir dallé qui menait à la cuisine. La vieille dame, hurlant et bredouillant par terre, se ressaisit peu à peu et exigea que l'on brûle des plumes. Emma fila au poulailler et revint avec une poignée de plumes qu'elle brûla sous le nez rouge pincé de sa grand-mère. L'odeur était abominable – en partie parce que les plumes étaient loin d'être propres –, mais elle sembla l'apprécier, bien qu'elle fût prise de hoquets irrépressibles. Ebin lui apporta un verre d'eau, qu'elle envoya voler à travers la pièce en marmonnant d'un ton plein de reproche :

— Tu m'as giflée ; tu as giflé ta propre mère !

Elle refusa l'aide de son fils pour monter l'escalier ; ce fut Emma qui dut la soutenir sur le chemin de sa chambre, et quand elle fut enfin couchée, elle lui demanda de brûler des œillets d'Inde dans sa cheminée.

— Les œillets d'Inde brûlés sont avant tout un excellent remède en cas de fausse couche, mais j'ai le sentiment qu'ils me feront du bien, gémit-elle.

Aussi, Emma ressortit dans le jardin et en revint avec un gros bouquet de fleurs orange, trop mouillées pour brûler.

— Et on les utilise pour les deuils en Espagne. Les cercueils en sont couverts, marmonna la vieille dame d'une voix ensommeillée.

XVII

Leurs paniers en osier sous le bras, Norah et Eunice quittèrent Willoweed House en courant. Cette dernière se rendit à Roary Court, où elle fut cajolée et dorlotée par les deux vieilles dames qui l'y attendaient, et ne tarda pas à occuper dans leur cœur la place vide laissée par leur défunt bouc. Norah retourna à la maison de son père pour y préparer son mariage, et, afin de se constituer un petit pécule, se mit à travailler à la laiterie, où lui-même était employé. Le soir, elle retrouvait Fig sur le pont et, marchant à travers champs, ils se rendaient chez lui et travaillaient jusqu'à la tombée de la nuit. Ils récuraient, astiquaient, repeignaient, tapissaient les murs, pleinement heureux à leur manière tranquille et délicate.

À Willoweed House, le chaos était total. L'aïeule était alitée et Emma s'évertuait à alimenter le grand fourneau, qui, incroyablement retors, refusait de rester allumé. Il n'y avait plus d'eau chaude et le plus souvent on ne disposait que d'un poêle à pétrole pour cuire les repas, ce qui n'était guère utile puisque personne ne savait cuisiner. Des œufs durs et du bacon brûlé étaient disposés sur la table trois fois par jour, et Ives ne cessait d'apparaître à la porte de la cuisine chargé de paniers de légumes et de fruits que personne ne savait préparer. Les pommes de terre se transformaient en soupe blanche extraordinairement liquide quand Emma les faisait bouillir, et les haricots d'Espagne viraient au jaune foncé et perdaient toute leur saveur. Hattie faisait de son mieux pour aider ; elle alla jusqu'à leur confectionner une sorte de caramel brûlé qui, en refroidissant, devint aussi dur que l'acier. Elle fit bouillir du café pendant près d'une heure, attendant que les grains disparaissent ; mais ils ne firent que se transformer en petits amas mous.

— Il est bien amer, ton café, petite. Essaierais-tu de m'empoisonner ? lui dit sa grand-mère.

Les dalles de la cuisine devinrent noires et graisseuses, et lorsque Emma les lava, elles refusèrent de sécher et se couvrirent de flaques de boue que les nombreux passages étalèrent dans toute la maison. Cherchant à se montrer utile, Ives proposa de préparer un plat qu'il appelait le « pudding minute ». La chose, qui ne parvint jamais à cuire complètement, se révéla être un plat tacheté si peu ragoûtant que même ses canards parurent barbouillés, le soir, après leur repas de pudding minute.

Ebin Willoweed restait à distance de la cuisine et répétait à Emma que de tenir une maison serait une expérience très précieuse pour elle. Il ne cessait de se plaindre de la nourriture, mais ne faisait aucune allusion au manque d'eau chaude, se sentant coupable de ne pas chercher à y remédier et néanmoins décidé à ne pas approcher du fourneau. « Si je m'avisais de m'en occuper, pensait-il, qui sait où cela me mènerait ? Mes mains seraient tout abîmées, et ils s'attendraient à ce que je monte son petit-déjeuner, et Dieu sait quoi encore, à la vieille. »

Et puis, tout à coup, Ives fit apparaître une nièce d'âge mûr.

Elle venait de Norton-in-the-Marsh et n'avait jamais été vue au village avant ce jour. Elle s'appelait Constance, était catholique, et, deux fois par semaine, s'éloignait dans le matin brumeux de l'automne, juchée sur son énorme bicyclette, pour aller assister à la messe dans un village voisin. Ces jours-là, le petit-déjeuner était servi une heure plus tard ; mais Grand-mère Willoweed ne s'en plaignait jamais, le souvenir de la cuisine d'Emma étant encore trop vivace. La cuisine de Constance était simple et ordinaire, et sa maîtresse avait beau lui commander des soufflés, des fricassées de veau ou des turbots farcis, elle devait se contenter de bœuf salé, de ragoût irlandais et de cabillaud poché ; sa seule consolation était que les montants des notes du boucher et du poissonnier s'étaient considérablement réduits.

— Tout de même, je ne veux pas faire d'économies sur la nourriture, se plaignait-elle à son fils. Il y a tant d'autres moyens d'économiser de l'argent ; d'autant que je serai bientôt morte et que je vais devoir traverser toute l'éternité sans prendre un seul repas. Savez-vous que je rêve de petits plats délicieux, maintenant, et que je me réveille en train de mâchonner le col de ma chemise de nuit ? Ce n'est pas bien ; elle va même jusqu'à rôtir les canards sans les farcir de sauge et d'oignon au préalable.

— Oh, pour l'amour du ciel, mère, n'allez pas vous en plaindre et risquer de la contrarier. Nous n'avons aucune envie de revenir aux plats cuisinés d'Emma ; de plus, Constance parvient à maintenir la maison relativement propre sans aide extérieure.

— C'est vrai, oui, et j'aime faire des économies sur le travail des domestiques. Je pense que nous pourrions fermer le grand salon et ne l'ouvrir qu'une fois par an – le jour de mon anniversaire, pour le tournoi de whist. Et il y a la chambre de Dennis, aussi. On n'en aura plus besoin, autant la fermer également… Mon Dieu !

Elle bondit soudain de son fauteuil.

— Il faut que je fasse venir cet idiot de Williams une fois de plus !

Elle venait de se rappeler qu'elle avait oublié de mentionner Willoweed House dans son testament. Comment avait-elle pu oublier sa belle demeure plantée sur ses deux hectares de terres bien garnies ? Elle quitta la pièce en vitesse pour rédiger une missive urgente, exigeant la présence du notaire chez elle dès le lendemain.

C'est Emma qui fut chargée de la délivrer. Elle l'enfonça dans la boîte aux lettres de la vilaine maison en briques jaunes et rouges, où Williams vivait avec épouse et fille. Elle redescendait le perron en vitesse quand il lui sembla entendre un coup frappé au carreau de la fenêtre ; elle déguerpit aussitôt, redoutant de se retrouver enfermée dans le vieux salon poussiéreux avec ses rideaux de perles et ses habitants anémiques. Alors qu'elle s'éloignait de la maison, elle vit l'énorme voiture du docteur Hatt, aussi jaune qu'une patte de canard, arriver vers elle, conduite par Philip Andrew. Il offrit de la raccompagner chez elle. Bien qu'Emma en eût fort envie, elle ne pouvait s'empêcher de lier Philip au décès de Dennis – même s'il n'était pas présent au moment de sa mort –, de sorte qu'elle se détourna de lui, prétendant qu'elle préférait marcher. Il réussit néanmoins à la persuader de monter dans l'automobile, et ils traversèrent le village dans un rugissement de moteur. Emma ressentit de la tristesse en voyant les grilles sombres de Willoweed House se profiler derrière les pins, presque moqueuses. Tout en l'aidant à descendre du véhicule, le jeune médecin lui demanda si elle aimait rouler en automobile.

— Oh oui, c'est divin ! s'exclama-elle, le souffle court, lissant ses cheveux des deux mains.

— Eh bien, il ne me reste plus qu'une journée à passer ici. Aimeriez-vous que nous fassions une promenade en automobile ? Je suis certain que le docteur Hatt acceptera de me la prêter.

— Je ne pense pas que ce sera possible. Ma grand-mère ne me le permettra jamais.

Elle se détourna, une grimace inquiète sur le visage.

— Faut-il vraiment que votre grand-mère l'apprenne ?

— Elle l'apprendra, j'en suis certaine, marmonna Emma.

Ce fut au tour de Philip de paraître soucieux.

— Ce sera mon dernier jour ici, Emma. Je tenais tant à vous revoir, seulement je n'osais pas vous rendre visite, de crainte de vous importuner dans votre malheur. Je vous ai parfois aperçue au loin, ou dans votre canoë, mais, chaque fois que j'ai tenté de vous rattraper, vous aviez disparu. N'y a-t-il aucun moyen de vous voir demain ?

— Ma foi, dit-elle lentement.

Puis, se retournant, elle lança par-dessus son épaule :

— Il est possible que je sorte en canoë demain après-midi et, si vous vous trouviez sur la rive, le temps d'une promenade, par exemple, vous pourriez me voir, n'est-ce pas ?

Elle rejoignit le portail, se débattit un instant avec la poignée et disparut sans un regard en arrière. Se dépêchant d'entrer dans la maison, elle réussit à atteindre la fenêtre du vestiaire à temps pour voir la grosse voiture s'éloigner dans la grand-rue, changeant de couleur avec les carreaux.

« Mais c'est en jaune qu'elle me plaît le plus », songea Emma, alors qu'elle gagnait l'étage, balançant son petit chapeau au bout de son élastique.

Arrivée au palier, elle découvrit Hattie, désespérée, assise devant la porte de Dennis.

— Ils l'ont fermée. Oh, Emma, ils ont fermé sa chambre, alors que j'y entrais tous les jours pour prendre soin de ses affaires, comme le gazon que Dennis a planté dans un petit bol et qu'il taillait avec des ciseaux ; je m'en occupais pour lui. Il faut que tu trouves cette clef. Je ne peux pas supporter l'idée que ses affaires restent enfermées pour toujours.

Emma ressentit de la culpabilité. Comment avait-elle pu se laisser aller à être heureuse si peu de temps après la mort de son frère ? Mon Dieu, elle avait presque flirté. Elle se précipita sur sa sœur et l'enlaça.

— Chère Hattie, bien sûr que nous allons faire rouvrir cette porte, et tu pourras récupérer toutes ses affaires et en prendre soin pour toujours, si c'est ce que tu désires.

Ensemble, elles allèrent trouver leur grand-mère pour la prier de leur donner la clef, qu'à leur grande surprise elle leur tendit presque sans discuter.

— Je ne comprends pas pourquoi vous me tourmentez avec ces sottises quand j'ai tellement de soucis. Tenez, voici cette fichue clef. Maintenant, partez, s'il vous plaît !

Aussi se rendirent-elles dans la chambre de leur défunt frère. Elle était déjà imprégnée de l'odeur d'humidité que l'on respire dans des pièces inutilisées, et le petit lit en fer noir paraissait plat et désolé sans ses couvertures. La vue de ce lit attestant de manière plus catégorique que toute autre chose que Dennis ne reviendrait jamais, les deux sœurs s'assirent sur le rebord de la fenêtre et fondirent en larmes.

À l'étage du dessus, leur père allait et venait sur le tapis élimé aux motifs orientaux de sa mansarde. Il avait été usé par des années de frustration et d'ennui, mais aujourd'hui, c'était d'un pas presque dansant qu'Ebin l'arpentait. Cette pièce affreuse lui apparaissait sous un jour nouveau, et il se plaisait à secouer les pompons du chemin de cheminée sur son passage. « Cette bonne vieille chambre, pensait-il. Les gens comme le docteur Hatt peuvent bien en rire, mais elle a été mon unique refuge quand je voulais échapper à la tyrannie de la vieille du dessous, durant toutes ces années. Je la fermerai à clef quand je partirai ; je ne veux pas qu'elle vienne fourrer son nez ici. Il a y très peu de choses que je veuille emporter avec moi : quelques livres, peut-être, et la machine à écrire. Non, je m'en achèterai une neuve, un modèle dernier cri, comportant toutes sortes de gadgets dont je ne serai jamais capable de me servir. » Il marcha jusqu'à la vieille machine et lut la lettre qu'il avait commencé de taper.

Le 27 août 1911
Willoweed House,
Fishingfort,
Warwickshire

Chers Messieurs,

J'ai l'immense plaisir d'accepter le poste permanent au *Daily Courier* que vous m'offrez.

J'accepte le salaire et les conditions proposées dans votre lettre du 25 du mois dernier et serai prêt à prendre mon poste à la date que vous suggérez.

Il ramassa la lettre du *Daily Courier*, dépliée sur sa table. Il la relut, bien qu'il en connût chaque mot par cœur, puis la remit à sa place, toujours dépliée. Oh, la merveilleuse lettre, qui lui rendait sa liberté après toutes ces années ! Le vieux procès en diffamation qui lui avait coûté son poste et avait réduit à néant ses espoirs de retrouver un emploi dans le monde du journalisme était oublié. Ses dix années d'exil prenaient fin, et il était libre de retourner à cette vie qui lui plaisant tant, alors. Il se demandait s'il la trouverait toujours aussi séduisante, et s'il serait capable de se concentrer suffisamment pour accomplir son travail, et continuer à le trouver stimulant et amusant. Oui, sans aucun doute. C'était le genre de tâche qu'il pouvait accomplir sans réfléchir, jadis : tenir une petite chronique mondaine deux fois par semaine, et rédiger une critique littéraire, occasionnellement. Seulement, une chose en entraînant une autre, il risquait vite de se retrouver dans la situation désastreuse qui avait failli l'anéantir. C'était si bête de sa part de s'être totalement laissé dépasser par les événements ! Il songea à sa femme, qui s'était bientôt détournée de lui, et au mystère de la naissance de Hattie. Tout cela, en plus du reste, aurait suffi à démolir n'importe quel homme. Et puis, il avait dû supporter l'horrible vipère qu'il avait pour mère. « Mon Dieu, comme je serai heureux d'être débarrassé d'elle ! » se dit-il. Mais presque aussitôt, la panique le saisit. Et si elle tombait malade, ou faisait une crise cardiaque ? Comment pourrait-il l'abandonner, alors ? Non, décida-t-il, quand bien même sa mère serait mourante, il ne repousserait pas son départ d'une seule journée. Emma resterait à Willoweed House pour prendre soin d'elle si nécessaire ; quoi qu'il arrive, le moment était enfin venu pour lui de s'échapper. « Sitôt que j'aurai signé ce contrat, je lui dirai ce qu'il en est et partirai avant qu'elle ne trouve un moyen terrible de faire diversion, ce qu'elle fera sans aucun doute », trancha-t-il en ramassant la lettre du *Courier* pour la relire, une fois de plus.

XVIII

Emma baissa les yeux sur sa robe marronnasse avec répugnance. « Quelle drôle de tenue pour une promenade en canoë ! » pensa-t-elle, affligée. Peut-être allait-il pleuvoir, peut-être renoncerait-il à se promener sur la berge ? Elle regarda le ciel, très gris mais très haut, et décida qu'il était peu probable qu'il pleuve dans l'après-midi. Elle n'aurait su dire si elle en était ravie ou désolée. Gagnant le chemin de la rivière, elle se prit à espérer que Hattie ne devinerait pas son intention et ne réclamerait pas de l'accompagner. C'est alors qu'elle remarqua que sa sœur avait emporté les bateaux du petit port que Dennis avait construit entre les racines du saule pleureur, et se demanda si la fillette était enfermée dans sa chambre en train de pleurer sur les jouets. Arrivée à l'escalier de pierre qui menait au ponton, elle aperçut Hattie assise sous un poirier dont elle mangeait les fruits tout en frottant les petits bateaux avec de la poudre à récurer. La jugeant relativement heureuse, Emma passa son chemin. Elle sélectionna les coussins les plus vifs dans l'abri à bateaux, les lança dans le canoë et s'éloigna en donnant des coups de rame énergiques. Elle ne se sentait hors d'atteinte de sa grand-mère que lorsqu'elle dépassait la limite du long jardin de Willoweed House. Parfois, la voix nasale aux accents féroces s'élevait, juste derrière un orme, et l'obligeait à rebrousser chemin ; mais aujourd'hui, la chance lui souriait : sa grand-mère était installée dans le petit salon où elle attendait la visite du notaire.

Elle rama le long des jardins publics, solitaires et délaissés, cet été. Depuis le début de la vague de démence provoquée par le pain, peu d'estivants avaient osé venir y passer la journée. Les balançoires immobiles et les tables en fer silencieuses avec leur peinture écaillée disparurent de son champ de vision, et les berges s'élevèrent, se dessinant contre le ciel, piquetées çà et là d'épilobes dansant gentiment dans le vent ou d'oseille raide et desséchée.

Debout devant une petite crique, le jeune médecin observait le menu fretin qui filait dans l'eau peu profonde. Il tenait son panama roulé dans sa main, tel un parchemin, et il le secoua sitôt qu'il vit Emma apparaître au détour d'un coude de la rivière. Elle lui adressa un sourire nerveux, et engagea le canoë dans la petite anse, priant secrètement : « Mon Dieu, faites qu'il m'apprécie, et empêchez-moi d'être déçue ! »

Ils passèrent l'après-midi sous des saules pleureurs, et quand ils en quittèrent la douce protection, ils étaient si amoureux l'un de l'autre qu'ils ramèrent pendant plus d'un kilomètre avant de s'apercevoir qu'ils avaient pris la mauvaise direction. Lorsqu'ils se séparèrent sur les rives de la Big Meadow, ils étaient convenus que Philip se présenterait à Willoweed House le lendemain matin, avant son départ pour Londres.

— Vous êtes encore si jeune, Emma, que je dois demander votre main à votre père afin que nous puissions nous fiancer.

— Je crois que c'est plutôt à Grand-mère Willoweed que vous devriez la demander.

Emma imaginait mal qu'on puisse solliciter la permission de son père, même pour une affaire sans importance, alors il lui paraissait inconcevable qu'elle puisse avoir besoin de sa permission pour se marier.

— Nous appartenons tous à Grand-mère. Tout lui appartient, ici.

— Non, Emma, c'est à votre père que je dois demander votre main, et je suis heureux qu'il en soit ainsi. Devoir m'entretenir avec votre grand-mère me déplairait au plus haut point !

Ils rirent de concert et la jeune femme reprit :

— Pensez-vous qu'elle nous observe de la fenêtre de sa chambre avec ses jumelles ? Elle le fait régulièrement, vous savez !

Elle pouffa.

— Oh, je suis si heureuse que je n'arrive pas à m'arrêter de rire ! J'ignorais que l'amour rendait hilare. Je m'attendais à me montrer plus solennelle, comme touchée par la grâce ; mais peut-être que cela viendra avec le temps.

Ils se séparèrent et, de l'autre berge, Philip regarda Emma amarrer le canoë. Elle resta un moment sur le ponton, les yeux fixés sur la rive opposée, puis s'éloigna en direction de l'arche de lierre sombre, pour regagner la maison.

Le lendemain, le contrat d'Ebin Willoweed arriva. La famille, exception faite de sa mère, prenait le petit-déjeuner quand Constance lui apporta son courrier. Depuis une semaine, à la surprise générale, Ebin apparaissait chaque matin, rasé, bien habillé, un col parfaitement amidonné autour du cou. Il déplia le contrat, les mains tremblantes : tout était là, signé et officialisé. Il se leva de table d'un bond et espéra qu'une de ses filles s'écrierait : « Qu'y a-t-il, père ? » et qu'il pourrait répondre : « Faites vos bagages, nous partons pour Londres dès demain ! » Mais Emma fixait les portes-fenêtres, l'air rêveur, et Hattie faisait glisser son œuf dans une mare de graisse de bacon.

« C'est terrible de se sentir si seul ! De n'avoir personne avec qui partager son bonheur quand il arrive enfin », pensa-t-il, en se dépêchant de sortir.

— Pauvre père, cela ne lui réussit guère de se lever de bonne heure, commenta Hattie, en découpant son œuf coagulé.

Ebin resta planté dans le vestibule, à se ronger les ongles, les yeux brouillés de larmes. Il se balança doucement sur ses pieds dans l'espace obscur aux relents de salpêtre, soupçonnant un chien d'avoir levé la patte sur les rideaux en velours marron nauséabonds – bien qu'ils n'aient pas de chien. Son regard fut attiré par un chapeau de paille évoquant un toast grillé abandonné sur une chaise torsadée noire. Un instant plus tard, le chapeau était sur sa tête et Ebin quittait la maison, marchant parmi les sapins, les ajoncs et les pierres du jardin de devant. La grand-rue était inondée de lumière, et son éclat matinal contrastait fortement avec l'obscurité du lieu qu'il venait de quitter.

« Allons voir ce bon vieux Hatt, se dit-il. Il se montrera intéressé, et sincèrement heureux que la situation tourne enfin en ma faveur. »

Il pénétra dans la lumière, et les villageoises qui battaient leurs carpettes dehors échangèrent des remarques sur son passage.

Le jeune médecin terminait son petit-déjeuner quand la vieille femme de charge introduisit Ebin Willoweed dans la salle à manger. Surpris, il reposa sa tasse de café, légèrement mal à l'aise. C'était une chose de demander la main d'une jeune fille à son père avec un discours soigneusement préparé ; mais se retrouver face à un père furieux au milieu de son petit-déjeuner, c'était assez déstabilisant. Qu'est-ce qui avait bien pu pousser Emma à lui parler si tôt ? Non, Emma était bien trop timide pour cela, il devait avoir découvert la vérité par un autre moyen – de la bouche de son horrible mère, peut-être.

Déçu de ne pas trouver son ami dans la pièce, Ebin grommela :

— Bonjour, où est le docteur Hatt ?

— Oh, eh bien, il vient juste de partir visiter un malade. Prendrez-vous du café… maintenant que vous êtes ici ?

— Du café ? Non merci. J'aime autant m'en aller, puisque Hatt n'est pas ici.

— Oh non, ne partez pas, je vous en prie, le retint Philip en se levant. Je comprends que vous puissiez être sous le choc, mais ne pourrions-nous pas en discuter amicalement, vous et moi ? Après tout, cela ne concerne en rien le docteur Hatt ; même si je dois admettre que je lui en ai parlé, hier soir, et qu'il semblait penser que c'était plutôt une bonne chose, bien qu'Emma soit encore un peu immature pour son âge. Je suis tout disposé à attendre un an, ou même plus si vous le jugez nécessaire.

Remarquant soudain l'expression sidérée d'Ebin, il reprit :

— Pardon, mais vous savez de quoi il est question, n'est-ce pas ?

— Je ne peux pas l'affirmer, non.

Ebin plissa le front.

— Êtes-vous en train de me dire que vous souhaiteriez épouser Emma ? Mais vous la connaissez à peine, non ?

Alors Philip se répandit sur ses espoirs et sur les sentiments que lui inspirait Emma jusqu'à ce que la pièce paraisse submergée de nobles pensées, de promesses et d'amour.

Quand il eut terminé, Ebin déclara :

— Ma foi, si c'est ce que vous ressentez pour elle, vous feriez mieux de l'épouser ; cependant, j'espérais qu'elle resterait à Willoweed House pour s'occuper de sa grand-mère. Il se trouve que je m'apprête à partir pour Londres, pour retourner travailler à mon ancien journal ; je pensais prendre Hattie avec moi, pour me tenir compagnie, et aussi parce que ça élargira son champ de possibilités. Je veux parler des écoles, des amies. Vraiment, si vous ne voyez pas d'inconvénient à patienter un peu, Emma pourrait rester avec sa grand-mère pour l'instant.

— Je pense que ce serait terrible de laisser Emma seule avec sa grand-mère. Pauvre enfant, elle a besoin de vie et de gaieté. Elle a manqué tant d'occasions, connaît si peu de choses. J'allais vous proposer de l'envoyer vivre avec mère pendant une année environ, avant notre mariage.

— Mais votre mère voudra-t-elle d'Emma ?

Ebin était abasourdi qu'on puisse vouloir d'Emma, cette enfant qu'il avait toujours trouvée douloureusement timide et dénuée d'humour, bien que séduisante à sa manière mélancolique. Il la qualifiait souvent de « fille bougrement déprimante ».

— Oh oui, ma mère sera ravie de l'avoir auprès d'elle. Elle est veuve, voyez-vous, et relativement esseulée depuis que j'ai quitté la maison pour m'installer à l'hôpital. Mon frère aîné est soldat, et donc à l'étranger le plus clair du temps.

— Oh, ma foi, vous semblez avoir tout arrangé entre vous ; mais, dans ce cas, il faudra que vous en informiez ma mère vous-même – cela m'est impossible, quant à moi. Il va déjà m'en coûter quand je vais lui annoncer que j'emmène Hattie avec moi. Vous feriez mieux de m'accompagner à l'instant, si vous partez aujourd'hui. Dommage que vous ne puissiez attendre un jour ou deux, que je sois parti.

Ils remontaient la grand-rue quand le vicaire les arrêta, poussant sa bicyclette. Il ressemblait en effet beaucoup à un Chinois.

— Oh, monsieur Willoweed, justement l'homme que je voulais voir. J'ai un pneu crevé.

— Dieu du ciel, vous ne vous attendez tout de même pas à ce que je le répare ? s'exclama Ebin, contrarié.

— Oh non, je ne m'attends à rien de tel. Nous organisons une messe d'action de grâces dimanche prochain. Les dernières personnes souffrant de l'empoisonnement au pain seront sorties de l'hôpital, d'ici là, et j'ai le sentiment que nous devrions remercier le Seigneur à présent que le village est débarrassé de ce terrible fléau.

Le petit homme jaune avait un air si pitoyable qu'Ebin ravala les mots qui lui vinrent aux lèvres – à savoir : « De quoi devrais-je Le remercier, mon unique fils est mort ? » – et les remplaça par :

— Je suis désolé, je ne pourrai pas y assister.

Il ne put s'empêcher d'ajouter :

— Vous feriez mieux de proposer cela à ma mère, je suis certain qu'elle sera ravie d'être des vôtres.

Le petit homme prit un air inquiet.

— Vous pensez vraiment que je devrais l'en informer de vive voix ? Vous pourriez peut-être lui en toucher mot, et, quant à moi, je pourrais lui envoyer un message. Oui, je lui enverrai un message.

Il se remit à pousser sa bicyclette, puis s'arrêta de nouveau et lança d'un air abattu :

— Je suis surpris d'apprendre que le Vieil Ives a décidé de rejoindre l'Église catholique, très surpris.

Et il s'éloigna avec son vélo.

— Je ne comprends rien à ce que raconte ce vieux fou, glissa Ebin au médecin, alors qu'ils reprenaient le chemin de Willoweed House.

À l'instant où ils pénétrèrent dans le vestibule, la maîtresse des lieux leur sauta dessus.

— Ah, vous voilà ! Va-t-on cesser de m'abandonner avec des papistes ?

— Le docteur Andrew est venu vous voir, mère. Et il n'est pas papiste.

— Je me moque de ce qu'il est. Et n'ai aucune envie de le voir. Allez-vous-en, jeune homme. Je désire parler à mon fils !

Philip avait été en contact avec la vieille dame à plusieurs reprises durant la maladie de Dennis, de sorte qu'il ne fut guère déconcerté. Il échangea un regard amusé avec Ebin, puis s'empressa de gagner le jardin dans l'espoir d'y trouver Emma.

— À présent, Ebin, il faut que je te parle. Accompagne-moi dans le petit salon !

— Justement, mère, je voulais vous parler, dit-il en ouvrant la porte afin qu'elle entre dans la pièce rouge vif traversée des rayons de soleil qui filtraient à travers les fenêtres fermées. Cette pièce est une étuve, mère.

— Autant m'y habituer, puisqu'il apparaît que j'irai en enfer après ma mort. Parfaitement, Ebin, Ives est venu ce matin et m'a informée qu'il se convertit au catholicisme et qu'il suit déjà ce qu'il appelle son instruction religieuse avec le père Kendall de Shalford. Il m'a également informée qu'il allait mourir en état de grâce et qu'il ne voulait même pas penser à l'état dans lequel j'allais mourir, moi. Il semble que je serai chanceuse si je me retrouve au purgatoire, mais qu'il est plus probable que je finisse oubliée dans les profondeurs de l'enfer. Et ce n'est pas tout. Il veut deux après-midi de congé par semaine afin de poursuivre sa fameuse instruction ! Comme si qui que ce soit pouvait instruire un vieil imbécile de son âge !

— Mère, il faut que je vous dise quelque chose…, l'interrompit Ebin.

— Cela ne m'intéresse pas, répondit la vieille dame.

Elle essaya de quitter la pièce, s'attendant à une annonce déplaisante.

Ebin se posta devant la porte et cria :

— Je veux vous informer que je retourne travailler pour mon ancien journal, mère, j'ai déjà signé mon contrat. Je pense partir demain, ou le jour d'après au plus tard, et j'emmène Hattie avec moi !

— Oh, l'ingratitude ! hurla-t-elle.

Puis son visage se mit à tressauter, et elle murmura :

— Maintenant que tu as un peu d'argent, tu veux me quitter, alors que je vous ai abrités, toi et tes enfants, durant toutes ces années. Eh bien, pars, si tel est ton désir – mais tu ne me prendras pas Hattie.

« Oh, Dieu, que je déteste les discordes ! » pensa Ebin, s'accrochant à la poignée de la porte des deux mains.

— Hattie doit m'accompagner. Elle a besoin d'aller à l'école, et de se faire des amies de son âge maintenant que Dennis n'est plus là. Vous devez bien vous rendre compte que ce n'est pas une existence convenable pour elle.

— Comment peux-tu dire une chose pareille ? C'est merveilleux pour une fillette de vivre dans cette maison magnifique avec son jardin immense. Et pense à la fortune que je lui léguerai !

D'une voix plus suppliante, elle plaida :

— Ebin, je lui trouverai une gouvernante si tu me la laisses… et un poney. Elle adorerait avoir un poney ; et, bien que je n'aime pas les chiens, elle pourra aussi en avoir un.

— C'est très gentil à vous, mère, d'envisager tout cela, mais Hattie part avec moi, point final. Je suis désolé, mais c'est ainsi !

Il ouvrit la porte d'un geste impulsif et disparut, laissant sa mère seule et ahurie devant la porte en bois sombre. Son menton tremblait.

— Voilà qu'ils se mettent à me défier sous mon propre toit. Comment osent-ils me défier ainsi ? marmonna-t-elle en quittant la pièce.

Elle se rendit à la salle à manger, où elle but un verre de porto qui ne lui procura aucun réconfort.

Philip et Emma se promenaient sur le chemin de la rivière, bras dessus, bras dessous, quand Ebin les trouva et vint les déranger.

— Ohé, ohé, dit-il avec une gaieté forcée fort désagréable. C'est fait, j'ai prévenu la vieille que je partais et que je prenais Hattie avec moi, et ça s'est passé bien mieux que je ne l'espérais. Je m'attendais plutôt à ce qu'elle déraille complètement, comme sa tante Kate, qui a perdu la boule alors qu'elle se trouvait dans la cathédrale de Rochester, vous imaginez ! Cela a fait scandale à l'époque, et il a fallu l'enfermer pour un bon bout de temps.

— Père, vous ne comptez pas me laisser seule avec grand-mère, dites ? s'enquit Emma, sur le ton du reproche.

— Ma foi, je me disais que le choc serait moins grand si tu restais un peu ici, avec elle. Et de toute façon, tu ne tarderas pas à rendre visite à la mère de Philip, n'est-ce pas ? Alors le mieux est que tu attendes ici, jusqu'à ce que l'invitation arrive. Et puis il faudra constituer ta garde-robe.

Philip l'interrompit avec une certaine impatience :

— Emma n'a aucun besoin de se soucier de sa garde-robe. Ma mère s'en chargera. Elle en sera ravie ; et il faudra également vous constituer un trousseau, Emma. Voilà qui devrait vous occuper.

L'idée du trousseau n'avait jamais traversé l'esprit de la jeune femme ; la perspective l'enchanta. Et il faudrait choisir une bague aussi, ajoutait Philip – « une émeraude, je pense, pour aller avec vos cheveux ». Elle avait l'impression de vivre un rêve éveillé, écoutait à peine son prétendant et son père s'accorder sur la date de son départ de Willoweed House. Le jeune homme, qui tenait absolument à ce qu'elle accompagne son père et sa sœur à Londres, finit par obtenir gain de cause. Ils descendraient tous trois à l'hôtel Brown le vendredi suivant – dans trois jours. Philip les quitta alors, satisfait.

Il avait déjà écrit à sa mère pour lui parler d'Emma, sans toutefois mentionner leurs fiançailles ni le fait qu'elle serait son invitée pendant plusieurs mois. Il était certain que sa mère accueillerait volontiers la jeune fille dans la petite maison de South Kensington, où elle vivait avec une bonne pour unique compagnie. C'était une femme rondelette plutôt chaleureuse qui s'intéressait infiniment aux gens et (superficiellement) à l'art et à la littérature. Elle serait ravie d'instruire Emma et guetterait ses réactions étonnées face aux occurrences et plaisirs les plus ordinaires.

Ce serait un peu comme de s'occuper d'un être venu d'une autre planète. Il s'inquiétait davantage de la surprise que lui causerait la vue du teint mat de Hattie, mais il avait trois jours devant lui pour l'y préparer, et se dit qu'une longue conversation sur Gauguin serait peut-être un bon moyen.

XIX

Chaque jour se révélait plus orageux que le précédent. Grand-mère Willoweed avait d'abord enragé, puis gémi, et s'était même arraché les cheveux, bien qu'il lui en restât fort peu. Chaque jour étant assombri par le désespoir, personne n'avait encore osé lui annoncer les fiançailles d'Emma. La plus grande terreur d'Ebin était que sa mère ne fasse soudain une crise d'apoplexie ou une attaque, et qu'à la dernière minute il se voie dans l'incapacité de partir ; mais jusqu'alors, bien qu'elle lui assurât fréquemment qu'elle était mourante, répétant « Touche mon cœur », la main pressée contre sa poitrine, elle paraissait en assez bonne santé.

Emma avait secrètement rassemblé les maigres affaires de Hattie et les siennes, et en avait rempli deux coffres arqués. Ives et Constance s'apprêtaient à les descendre en douce par l'escalier de service, quand la silhouette menaçante de leur maîtresse était apparue sur le palier et que la vieille dame s'était attaquée aux malles, armée d'un grand parapluie noir. Ives et sa nièce les avaient lâchés et avaient couru se mettre à l'abri à la cuisine, mais l'un des coffres avait basculé sur la marche du haut, dégringolé l'escalier et les aurait sans doute écrasés s'il ne s'était pas retrouvé coincé dans les barreaux de la balustrade. Il resta suspendu en travers de l'escalier toute la journée et une partie de la nuit ; jusqu'à ce que des ronflements tonitruants arrivant de sous la porte de Grand-mère Willoweed indiquent à son fils qu'il pouvait sans crainte aller scier les barreaux pour déloger le coffre emprisonné.

Le jeudi – le dernier jour –, elle refusa de se lever et garda le lit toute la matinée, affirmant qu'elle était mourante. Puis, n'obtenant aucune réaction, elle décida de se lever, marmonnant dans sa barbe tout en s'habillant :

— Une telle cruauté, une telle ingratitude, c'est insupportable.

Elle ajustait sa tournure quand, remarquant Ebin qui passait sous sa fenêtre, elle la jeta sur lui. Elle atteignit si bien sa cible que son fils se découvrit soudain coiffé d'une couronne sordide, qu'il envoya au loin avec un air de dégoût. Et il en fut ainsi toute la journée. Des assiettes volèrent à travers la table du déjeuner et une tortue passa même par la fenêtre. Elle envoya chercher Williams, souhaitant modifier son testament, et le congédia dès son arrivée, se sentant trop souffrante pour supporter un entretien avec lui. Elle énuméra ses torts à Constance, à la cuisine, et la traita de « nigaude insolente » lorsque cette dernière lui témoigna de la compassion.

— Silence, vieille folle ! finit par l'interrompre la domestique. Si vous n'y prenez garde, on vous enverra à l'asile pour aliénés. Je m'étonne qu'on ne l'ait pas encore fait !

Grand-mère Willoweed sortit de la cuisine, chancelante, gagna le grand salon qui empestait le salpêtre, et resta là, à pleurer et à parler toute seule. Par les portes-fenêtres, elle vit Emma et Hattie traverser la pelouse en courant pour rejoindre la rivière scintillante. Jeunes et apparemment heureuses, elles passèrent sous l'arche de lierre et disparurent dans l'escalier.

Les deux sœurs voulaient faire un dernier tour en canoë. La rivière avait été leur principale source de plaisir durant toutes ces années : des souvenirs se rattachaient à ses moindres méandres et bras morts.

— Regarde le vieux saule frappé par la foudre ! s'exclama Hattie. Tu te souviens, nous pensions qu'il allait mourir tant il paraissait déchiré et brûlé ; et le voilà couvert de feuilles vertes et apparemment en bonne santé.

Elles approchèrent d'une crique ombragée où tout verdoyait.

— Nous avons ramassé tant de moules d'eau douce, ici, et moi qui croyais qu'il s'agissait d'huîtres, dit Emma.

— Ce ne sont pas des huîtres ? s'enquit Hattie, étonnée. Il m'est arrivé de les manger toutes crues. Oh, Emma, la rivière va tant nous manquer.

— Je sais. Il y a une rivière à Londres, mais ce ne sera pas pareil. Enfin, nous deviendrons plus civilisées, et c'est une bonne chose.

— Civilisées ? Ne le sommes-nous pas déjà ?

— Oh non, répondit Emma, catégorique, nous ne connaissons rien aux bonnes manières et sommes terriblement ignorantes. Dire que nous n'avons jamais vu de montagne, ou de pièce de théâtre, que nous ne savons rien de l'art, de la mode ; nous ne savons même pas faire de la bicyclette – bien que je doute que nous ayons à nous déplacer à bicyclette, à Londres.

— Parce qu'il y a des montagnes, là-bas ?

— Non, nous ne verrons pas de montagnes à Londres.

— Je ne pense pas que nous deviendrons très civilisées, puisque rien de tout ce que tu viens de mentionner ne semble se trouver là-bas.

— Allons, ne dis pas de sottises ! Il y a beaucoup d'autres choses à voir à Londres. Le zoo, par exemple, et de grands hôtels où tout le monde dîne en tenue de soirée. La mère de Philip va m'instruire et m'apprendre à m'habiller. Je suppose que ce sera un peu difficile, au début, mais je serai heureuse d'apprendre.

Hattie fondit soudain en larmes.

— La rivière va me manquer, Emma, et Dennis sera si seul quand nous serons parties. Qui veillera sur sa tombe ?

Emma réconforta sa sœur et lui expliqua qu'elle s'était arrangée avec le Vieil Ives pour qu'il en prenne soin.

— Il la couvrira de fleurs et la rendra très belle.

— J'aurais aimé qu'on y mette un de ces jolis globes en verre avec des fleurs à l'intérieur, dit l'enfant d'un ton mélancolique.

— Oh, certainement pas, répondit Emma avec l'air adulte qu'elle prenait depuis peu. Je crois que c'est considéré comme affreusement vulgaire, et que l'on n'en voit jamais sur les tombes dignes de ce nom.

Alors que les deux sœurs glissaient sur la rivière, le docteur Hatt vint faire ses adieux à son vieil ami et discuter des fiançailles d'Emma, qu'il approuvait totalement. Les deux hommes s'installèrent dans l'atmosphère presque funeste de la mansarde délabrée.

— Ma foi, je suppose que c'est la dernière fois que nous nous asseyons ensemble dans cette drôle de petite pièce, fit remarquer Ebin.

Il se leva de son fauteuil et les ressorts cassés surgirent sous l'assise. Le docteur Hatt se hissa sur ses jambes et tapa sa pipe contre l'âtre vide. Puis il prononça les paroles qu'Ebin redoutait d'entendre.

— Au fait, je me disais que je ferais aussi bien de passer voir votre mère avant de partir. Comment prend-elle tout cela ?

Se balançant sur ses pieds, Ebin répondit d'une voix enjouée :

— Oh, mère va bien, tout cela l'a certes affectée, mais en vérité elle l'a bien mieux pris que je ne m'y attendais. Vous n'avez aucun besoin de passer la voir ; cela risquerait seulement de la perturber, à mon avis.

— Je préfère m'assurer par moi-même que la vieille dame se porte bien. Seule la nièce d'Ives va rester avec elle, n'est-ce pas ?

— Oui, mais elles s'entendent comme larrons en foire. C'est incroyable, mais c'est ainsi. Et, bien sûr, nous lui rendrons souvent visite. Elle est plutôt heureuse de cet arrangement, je dirais – enfin, pas heureuse à proprement parler, mais satisfaite… assez satisfaite. (« Mon Dieu, pardonnez-moi, mais je ne peux pas rester plus longtemps, pensait-il. Si je fléchis maintenant, je ne serai jamais libre. »)

Le médecin le dévisagea un moment, puis quitta la pièce en répétant :

— Tout de même, j'aimerais en juger par moi-même ; mais ne vous donnez pas la peine de descendre pour me raccompagner. Je trouverai seul la sortie. Au revoir, et bonne chance à vous.

Francis Hatt frappa à la porte de la chambre de Grand-mère Willoweed, mais n'obtint pas de réponse. Il essaya le petit salon ; elle ne s'y trouvait pas non plus. Avant d'aller jeter un coup d'œil dans le jardin, il se rendit au grand salon, qu'on ouvrait rarement. Là non plus, personne ne répondit au coup qu'il frappa à la porte. Pourtant, un reniflement attira son attention. Il ouvrit lentement, et ses yeux tombèrent sur Grand-mère Willoweed, son opulence regroupée et tassée sur une chaise droite minuscule. Assise au centre de la pièce, elle sanglotait, reniflant et se frottant le visage des poings. Il lui parla, elle ne parut pas l'entendre ; il s'approcha et posa les mains sur ses épaules tremblantes. Elle perdit alors son air hébété et, reconnaissant le médecin, lui dit d'une voix chevrotante :

— C'est gentil à vous d'être venu. Savez-vous qu'ils vont tous partir comme des rats quittent un navire ? Pourtant je ne vais pas chavirer, je vais juste mourir, ils auraient pu attendre.

Les muscles de son visage se relâchèrent et elle reprit son air hébété.

— Mes trois taupes difformes ont des mites, bien qu'elles soient protégées par une cloche de verre, marmonna-t-elle. Et l'épouse du boulanger a écrasé mon petit chat ; le respect se fait si rare par les temps qui courent.

À nouveau, seuls ses sanglots et ses frissons troublèrent le silence du grand salon.

Constance fut convoquée et sommée d'aider sa maîtresse à gagner son lit. Même en s'y prenant à deux, le médecin et la bonne mirent un temps considérable à faire grimper l'escalier à la vieille dame, et une fois à l'étage, elle s'opposa farouchement à ce que Constance l'aide à se défaire de ses armatures complexes. Enfin, elle fut au lit avec une bouillotte ; ses frissons et ses pleurs s'étant apaisés, le docteur Hatt estima qu'il pouvait la laisser sans crainte.

Il remonta alors à la mansarde. Le cœur d'Ebin se serra lorsqu'il reconnut le pas du médecin dans l'escalier.

La porte s'ouvrit violemment et c'est un docteur Hatt furieux qui lui apparut.

— Ainsi votre vieille mère est heureuse d'être abandonnée, Constance et elle s'entendent comme larrons en foire ! Eh bien, je peux vous affirmer une chose : si vous la quittez dans l'état où elle se trouve, vous commettrez un meurtre, ni plus ni moins.

— Oh, souffla Ebin d'une toute petite voix, n'est-elle pas en bonne santé ?

— Non, elle ne l'est pas, et vous le savez parfaitement. Il est tout à fait hors de question que vous partiez demain, à moins que vous ne souhaitiez achever cette pauvre femme. Vous pouvez certainement retarder votre départ de quelques jours afin de prendre des dispositions convenables pour assurer son confort de vie. N'avez-vous aucune cousine, aucune parente éloignée que vous pourriez engager comme dame de compagnie ?

— Non, répondit Ebin, le découragement perçant dans sa voix. Elle s'est querellée avec elles, il y a des années.

— J'ai une idée, s'exclama soudain le médecin d'un ton enjoué ; vous pourriez la prendre avec vous. Elle pourra tenir votre maison et se rendre utile, ainsi ; vous passerez le plus clair de vos journées dehors, elle ne devrait pas vous déranger outre mesure.

— Ma mère, venir à Londres avec moi !

Ebin semblait horrifié.

— Je m'en vais pour être débarrassé d'elle. Vous savez parfaitement qu'elle a fait de ma vie un enfer pendant toutes ces années, je ne vais tout de même pas emporter l'enfer avec moi. Vous savez la vie que je mène ici, alors, pour l'amour de Dieu, n'essayez pas de m'empêcher d'y échapper.

Décelant une note d'hystérie dans sa voix, le médecin répondit d'un ton apaisant :

— Bon, bon, ne vous inquiétez pas. Peut-être qu'une solution nous apparaîtra demain matin.

Le médecin partit, et, tourné vers la fenêtre, sentant ses espoirs de liberté s'envoler, Ebin fixa le crépuscule.

XX

La solution au problème que représentait Grand-mère Willoweed survint durant la nuit, et cinq jours plus tard tout fut résolu lorsqu'on enterra la vieille dame au cimetière situé en bordure de rivière. Conformément à ses volontés, son fils y fit transporter son corps par bateau. La barque à fond plat était à nouveau drapée de noir, et le beau cercueil en chêne grinçait sous le poids des couronnes magnifiques qui le recouvraient ; celle d'Ives, faite de houx gris, de croton, de chardon, trônait au-dessus du tas. Au dernier moment, il avait eu le sentiment que les pissenlits auraient manqué de panache et il les avait remplacés par de l'hélénie jaune.

Du ponton, Hattie et Emma regardèrent la barque funéraire contourner l'îlot sous le soleil brumeux de septembre. Le glas résonna telle une lamentation, et les hommes postés sur le pont se décoiffèrent respectueusement à l'approche de l'embarcation.

— Pauvre grand-mère, dit Hattie. J'espère qu'elle se sent à son aise dans cette belle boîte. Elle ne me paraît pas assez grande, à moi. Penses-tu qu'ils ont été obligés de la plier, Emma ?

Après les obsèques, des rafraîchissements furent servis à Willoweed House, et beaucoup de métayers accompagnés de leurs épouses s'y présentèrent en noir. Leur désir était grand de rester jusqu'à la lecture du testament afin de connaître l'identité de leur nouveau propriétaire ; mais Williams les renvoya chez eux, déclarant qu'on les en informerait en temps voulu. En dépit des termes compliqués du testament et du rire chevrotant du notaire qui couvrait parfois ses paroles, il devint bientôt évident pour les personnes présentes que Grand-mère Willoweed laissait derrière elle une fortune considérable, dont l'usufruit profiterait à ses deux petites-filles et à son fils jusqu'à la naissance du premier fils d'Emma, qui, lorsqu'il atteindrait sa majorité, hériterait de la totalité de ses biens, dont on retrancherait la somme de trois mille livres. Le Vieil Ives hérita de deux cents livres et décida aussitôt d'en faire don à l'Église catholique – « parce que cet argent ne m'apporterait pas grand-chose ici-bas et pourrait faire toute la différence dans l'au-delà, quand le Tout-Puissant aura eu vent de mon immense générosité », songea-t-il.

Lorsque les invités furent partis, se retrouvant seuls, Ebin et ses deux filles se mirent à arpenter la pelouse en discutant. Le soleil du soir envoyait des rayons obliques sur leurs vêtements noirs et conférait des reflets flamboyants aux grands dahlias à tête ronde des parterres.

— Savez-vous ce que je pense ? Je pense que je devrais rester ici pour gérer les affaires, déclara Ebin, coulant un regard un brin nerveux à Emma.

Elle dévisagea son père, incrédule.

— Mais je pensais que tout était arrangé, que vous partiez vivre à Londres, que vous aviez signé votre contrat ?

— Ma foi, je devrais pouvoir m'en libérer ; le bien-être de ma fille doit passer avant mes propres envies. Et tu vas sûrement vouloir que je garde un œil sur la propriété, n'est-ce pas, Emma ?

— Williams et les exécuteurs peuvent s'en charger, ne croyez-vous pas, père ?

— Bien sûr, Williams fera de son mieux – après tout, il est payé pour cela, et bien payé –, mais ce serait une charge bien lourde pour les exécuteurs testamentaires ; leur travail leur tient à cœur et j'aimerais faire de mon mieux pour les aider.

— Si vous ne partez pas pour Londres, père, suis-je obligée d'y aller ? demanda Hattie. Parce que je préférerais rester ici. Je ne désire pas devenir civilisée autant qu'Emma le souhaite. Et elle va se marier, et personne ne voudra m'épouser avant plusieurs années.

— Mais, Hattie, et l'école ! s'exclama Emma, sous le choc.

— Londres n'est pas la seule ville où l'on trouve des écoles. Il y a un lycée à moins de dix kilomètres d'ici. Les élèves viennent se baigner à la rivière, parfois, on les entend hurler derrière les buissons, quand ils se rhabillent. Je pourrais aller là-bas et hurler derrière les buissons avec eux.

— J'y pense, Emma, une fois combinés, mon revenu et celui de Hattie représenteront une somme très conséquente. Nous aurons les moyens d'avoir une automobile, ainsi il sera aisé de la conduire à l'école ; et elle pourra avoir un poney. Je me souviens que ma pauvre mère envisageait de lui en acheter un. Oh, et un chien aussi. Il faudra que nous t'achetions un chien, Hattie. Je pense que nous pourrions être très heureux ici, tu sais. C'est bien dommage que tu doives te marier, Emma ; sans cela, tu aurais pu rester avec nous !

Néanmoins, Emma partit pour Londres, épousa son jeune médecin et devint tout à fait civilisée. Et, en temps voulu, elle donna naissance au fils qui hériterait de la majorité de la fortune de son arrière-grand-mère. L'enfant fut promené à travers Kensington Gardens dans le plus moderne des landaus par une vieille nourrice en uniforme marron et aux cheveux voilés ; et quand il fut plus grand, on l'autorisa parfois à pousser ses bateaux sur le Round Pond, à condition qu'il se montre très prudent et ne mouille ni ses chaussures ni ses vêtements. Sa mère devint un modèle de jeune épouse et d'hôtesse, particulièrement admirée pour sa dignité discrète et grave et ses tenues sobres mais élégantes. Elle ne rendait pas visite à son père et à sa sœur très souvent.

Hattie était très heureuse à Willoweed House, et son père aussi heureux que sa nature lui permettait de l'être. Ebin conduisait sa fille à l'école dans une glorieuse Sheffield Simplex de cinquante chevaux, dont la carrosserie était verte avec des bandes noires, et les fauteuils gris. Couché sur la banquette arrière, un énorme caniche blanc étalait son extravagante beauté. Tout cela impressionnait tant les lycéennes qu'elles remarquèrent à peine que Hattie était quasiment noire, et lorsqu'il leur vint à l'idée qu'elle avait la peau étrangement mate, elles décidèrent de la baptiser PA (« princesse africaine »).

Ebin se laissa pousser une splendide barbe rousse évoquant celle des navigateurs et, après avoir maintes fois été pris pour l'un d'eux, commença à en porter la tenue. Les villageois finirent par oublier qu'il n'avait jamais mis le pied à bord d'un navire, et, peu à peu, par le considérer comme un marin à la retraite, au point qu'il devint le « vieux capitaine Willoweed ». Avant qu'on ne le rebaptise ainsi, il s'acheta un petit voilier. Quand le vent n'était pas trop violent, on pouvait le voir voguer sur la rivière en compagnie de sa fille, et l'entendre crier des instructions de sa voix tonitruante et gutturale. Hattie effectuait la plupart des manœuvres sans se soucier le moins du monde de ses instructions, de sorte que tout se passait au mieux.

Le Vieil Ives vécut encore de nombreuses années, survivant à tous ses canards. Il passait un temps considérable dans la remise à lustrer la magnifique automobile en chantant des cantiques ; mais il lui arrivait parfois de craindre d'avoir commis une erreur en léguant sa fortune à l'Église : il lui semblait que le moment d'en tirer bénéfice n'arriverait jamais.

Composition réalisée
par Rosa Beaumont

#lisez! engagé
www.lisez.com
Pour plus d'information :
Imprimé sur du papier issu de forêts gérées durablement.

CET OUVRAGE
A ÉTÉ ACHEVÉ D'IMPRIMER
SUR ROTO-PAGE
PAR L'IMPRIMERIE FLOCH
À MAYENNE EN AVRIL 2024

N° d'édition : 67262/01 – N° d'impression : 104800

Imprimé en France